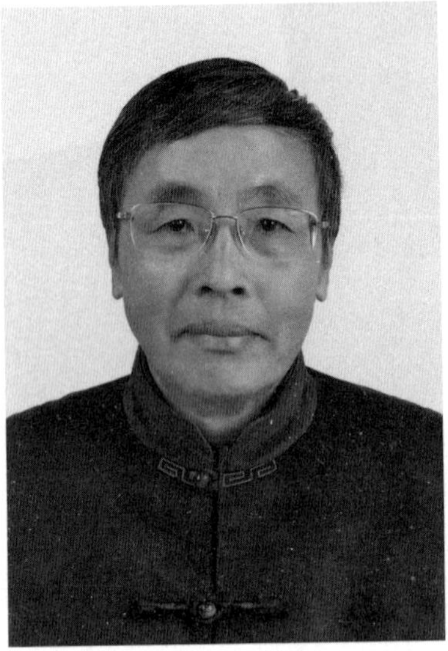

作者简介

李骞，又名阿兹乌火。中国作家协会会员。云南民族大学二级教授，中国现当代文学、文艺学硕士研究生导师，民俗学博士研究生导师。在《文学评论》《当代作家评论》《小说评论》等刊物发表学术论文70多篇；在《人民文学》《诗刊》《民族文学》《十月》等刊物发表小说、诗歌、散文100多万字；出版专著《作家的艺术世界》《现象与文本》《立场与方法》《20世纪中国新诗流派研究》《新诗源流论》《诗歌结构学》《快意时空》《彝王传》《中国现代文学讲稿》《当代文学27年》《大乌蒙》等50多部。作品5次获云南省哲学社会科学优秀成果三等奖，《现象与文本》获全国第八届少数民族文学创作"骏马奖"（文学理论与评论）。

《水浒传》再评价

李骞 著

云南出版集团
云南人民出版社

图书在版编目（CIP）数据

《水浒传》再评价 / 李骞著. -- 昆明：云南人民出版社，2022.4
ISBN 978-7-222-20804-9

Ⅰ. ①水… Ⅱ. ①李… Ⅲ. ①《水浒》评论 Ⅳ. ①I207.412

中国版本图书馆CIP数据核字(2022)第056698号

责任编辑：梁明青
助理编辑：李明珠
装帧设计：李乐乐
责任校对：解彩群
责任印制：窦雪松

《SHUIHU ZHUAN》ZAI PINGJIA

《水浒传》再评价

李骞 著

出　版　云南出版集团　云南人民出版社
发　行　云南人民出版社
社　址　昆明市环城西路609号
邮　编　650034
网　址　www.ynpph.com.cn
E-mail　ynrms@sina.com
开　本　889mm×1194mm　1/32
印　张　5.875
字　数　115千
版　次　2022年4月第1版第1次印刷
印　刷　云南荣德印务有限公司
书　号　ISBN 978-7-222-20804-9
定　价　49.00元

如需购买图书、反馈意见，请与我社联系
总编室：0871-64109126　发行部：0871-64108507　审校部：0871-64164626　印制部：0871-64191534

版权所有　侵权必究　印装差错　负责调换

云南人民出版社微信公众号

目录

第一章 书名、作者、成书年代和版本 /001

　一、"水浒"真义考辨 /003

　二、谁是《水浒传》的作者 /007

　三、《水浒传》的创作时间问题 /021

　四、《水浒传》的版本问题 /036

第二章 《水浒传》的思想内容 /041

　一、"替天行道"新解 /043

　二、《水浒传》不是描写农民起义的长篇小说 /050

　三、《水浒传》的"侠"/064

　四、《水浒传》的"义"/071

第三章 《水浒传》的组织基础 /091

  一、一百单八将都是啥鸟人 /093

  二、"水泊梁山"为什么要排座次 /100

  三、水泊梁山的军事组织 /117

  四、"逼上梁山"有几人 /128

第四章 《水浒传》的战术 /139

  一、火 攻 /141

  二、水 战 /148

  三、夜 袭 /155

  四、计 谋 /162

后 记 /177

第一章

书名、作者、成书年代和版本

一、"水浒"真义考辨

一部描写绿林强人的长篇小说为何称之为《水浒传》？"水浒"的含义是什么？它和啸聚山林、打家劫舍的山匪水盗有什么内在联系？作者为何以此为书名？这确实让后人、研究者颇动了一番心思。

最早关注这个问题的是袁无涯刻本《忠义水浒全书·发凡》，该书在明朝万历年间刊印出来后就有较大的市场，影响很大。而"发凡"却说："传不言梁山，不言宋江，以非贼地，非贼人，故仅以'水浒'名之。浒，水涯也，虚其辞也，盖明率土王臣，江非敢据有此泊也。其居海滨之思乎？罗氏之名微矣！"袁无涯认为，这部书不以梁山为书名，也不以宋江为书名，是因为梁山不是贼人居住之地，宋江等一百零八人也不是杀人越货的贼人。虽占据水泊，但他们从不认为这是自己的领土，而是遵循"普天之下莫非王土，率土之滨莫非王臣"的古训，他们只是"率土"之"王臣"而非山林之"盗匪"。袁无涯刻本的观点是，宋江等一百零八人，虽然身在水泊梁山，内心却时刻不忘报效大宋王朝。他们之所以暂居水泊，无非是效法当年的姜太公在渭水蛰居等候时机，一旦机会到来，便招安进朝，出将入相，辅助君王，以成千秋大业。这种观点实为附会穿凿，难以令人信服。宋江其人，论智商、论人品、论才华，岂能和姜太公同日而语？从文本的分析来看，宋江无非一贼人之首，无经天纬地之才，无良臣宰辅之德，连一世枭雄都不够格，充其量也就是一仗义疏财之黑帮大哥而已。

金圣叹在《贯华堂水浒传·序二》则认为，因为宋江等人是"恶物"，施耐庵取名为"水浒"是弃之水边之意。金圣叹的原文是这样说的："施耐庵传宋江，而题其曰《水浒》，恶之至，进之至，不与同中国也。……若夫施耐庵所云'水浒'也者，王土之滨则有水，又在水外则曰浒，远之也。远之也，天下之凶物，天下之所共击也。天下之恶物，天下之所共弃也。若使忠义而在水浒，忠义为天下之凶物、恶物哉？"金圣叹是明末清初思想较为激进的文学评论家，他虽然称赞《水浒传》是"天下文章无有出'水浒'右者"，甚至于把《水浒传》与《庄子》、《史记》、《离骚》、"杜诗"比肩，称之为"第五才子书"，但这只是对创作者的肯定，而对小说中的重要人物宋江则是深恶痛绝。因此，他认为施耐庵为宋江等人作传，又用"水浒"做书名，其内在象征意义是要把诸如宋江之类的"凶物""恶物"弃之水边，驱逐出中国之境，"天下之所共弃也"。金圣叹对"水浒"二字的注解纯属望文生义，与原作的客观意义背道而驰，不足为信。

现代著名史说家罗尔纲认为，"水浒"取自《诗经·大雅·緜》。他在《水浒真义考》一文中说：诗中的"古公亶父"是周文王的祖父，因慈祥仁义而深受人民拥戴，亶父深得民心，在岐下创建了周朝基业，而"水浒"正是亶父到岐山时经过的漆水和沮水的两岸。所以"水浒"的典故来自《诗经》，罗贯中用来做书名的主旨是以歌颂周王朝的发祥地来"表明梁山泊与宋王朝对立，建立新政权"。罗先生的考证主要是从农民革命的立场来解答"水浒"之义，正确与否姑且不论。首先"水浒"之名并不是从罗贯中开始，最早使用这两个字的是元代剧作家高文秀，他创作的《黑旋风双献功》这部杂剧的第一折中宋江有独白曰："寨名水浒，泊号梁山。"其次，就算罗贯中用了"水浒"二字，他的思想境界也达不到为农民革命歌功颂德的这个层次。《诗经·大雅·緜》中的这一段诗是这样写的："古公亶父，来朝走马。率西水浒，至于岐下。爰及姜女，聿来胥下。"按《毛诗传》的解释："古公，豳公也。古，言久也。亶父，周太王名。"如果把这段诗歌翻译成现代白话，意思是这样的："古公亶父很想建国立家，第二天清早骑着马，顺着西方的水边往前走，来到岐山之下，与妃子姜姓美女，为寻找居住地而观察。"从文本的表述看，诗歌中"水浒"的含义是大水边上的意思，与罗先生所考证的意义截然不同。

还有一种来自民间的传说是，山东省东平府有座山口叫"睡虎关"，因谐音的缘故，被当地老百姓叫成"水虎关"，后来的说书艺人为了顺口，就说成"水浒关"。之后又经文人润色，改为"水浒"，取名"梁山"。山东省东平有没有"睡虎关"，笔者不曾考证过，但作为民间传闻，我认为是不可靠的，当然，作为"水浒"故事的民间口头文学创作，这样的传说也是无可非议的。

今人汪远本认为，"水浒"是"虚其辞"之用，他在《水浒拾趣》中说："水浒"不一定有什么特指意义，只是泛指宋江等人在水边造反起家的传奇故事。这个观点几乎找不出什么破绽，从字面意义上说，比较符合作品的原始意义。

其实，"水浒"的确也就是水边上或水岸边的意思。为什么这样说呢？先看《说文解字》是如何释"浒"字的："水厓，从水午声。"其原始意义就是水岸边的意思。《诗经·王风·葛藟》云："绵绵葛藟，大河之浒。"《尔雅·释水》注为"浒，水厓"。《毛诗传》注为"水厓曰浒"。《广韵·姥韵》注释为"浒，水岸"。从以上注解看，"浒"就是水边或水岸边的意思。结合《水浒传》所描写的内容，这个书名的含意就是为水边或水岸边的绿林强人著书立传之意。必须说明的是，"水浒"这个书名并非施耐庵、罗贯中的发明，而是明代中叶以后的定稿者综合元人的杂剧内容而创造的。

二、谁是《水浒传》的作者

谁是《水浒传》的作者，这是一个千古之谜。当今出版的《水浒传》在封面和扉页上署的名字有的是施耐庵，有的是罗贯中，或者是施耐庵、罗贯中。意思很明白，《水浒传》的版权或者归施耐庵，或者归罗贯中，或者同属两人所有。但是，无论施耐庵还是罗贯中，这两个人在历史上是否真实存在过，学术界尚无肯定结论。新中国成立以来出版的《水浒传》《三国演义》在涉及两人的资料介绍时都语焉不详，只笼而统之地说：生平未见史传，一般认为生活在什么时代什么地方人等等。很显然，罗贯中、施耐庵、吴承恩这些所谓的大家，在官方编撰的史书上是无证可考的，后人仅仅是以古人的笔记、传奇之类材料的零碎记载为参照进行推论，因此，其真实性往往要大打折扣。这是因为古人留下的文字资料不仅十分有限，而且这些资料偏颇较多，漏洞百出。

关于《水浒传》的作者，从明代初年到现在，比较被认可的有四种说法：第一种认为《水浒传》是罗贯中独立编撰的；第二种认为是施耐庵、罗贯中合作的，即施耐庵"的本"、罗贯中编次；第三种认为是施耐庵自己创作的；第四种说法是当代学者提出来的，认为《水浒传》是一部积累型小说，是经过民间艺人口头加工、书商编纂整理、文人最后润色而成。现在的学者支持第一、二、三种说法的都有。相比较而言，第三种观点支持率高得多，原因是这种说法的时间晚一些，特别是金圣叹的腰斩本出来后，金大才子假借施耐庵的名头写了一篇十分精彩但又是欺世盗名的"施序"，这种论调便流传至今。下面不妨梳理一下各家之说，看看哪种说法更接近实际。

明代人认为《水浒传》是罗贯中根据民间说书艺人的唱本编撰的，如田汝成、王圻等人。这些人离《水浒传》产生的年代比较近，他们的观点应该有一定的可信度，但是，只要你认真推敲这些人的文章，就发现古人做学问非常马虎，不仅彼此之间互相抵牾，而且自己的说法也总是前后不一，互相矛盾。关于罗贯中的记载，明代无名氏在《录鬼簿续编》中说："罗贯中，太原人，号湖海散人。与人寡合。乐府、隐语，极为清新。与余为忘年交。遭时多故，天各一方。至正甲辰复会。别后又六十年竟不知其所终。"这段话是极不可信的。为什么呢？首先，无名氏是谁？显然是个假托的名字，恐怕是因为罗贯中的《三国演义》《水浒传》是畅销书，在坊间的名气特别响亮，这个无名氏借助与罗贯中"忘年交"的身份炫耀一下自己。因为"忘年交"自然是一个年少、一个年老，或者相识的两人都是老年人。由于古人"七十古来稀"，所以五十五岁就可称老翁。那么所谓"忘年交"至少也是五十岁相知相逢。换言之，无名氏与罗贯中相识时，其中一人或者两人都是年过半百的老人，那么"别后又六十年"岂不是一百一十岁？无论罗贯中和无名氏，都不大可能活到一百一十岁，所以这《录鬼簿续编》中的话，恐怕也是鬼话连篇，难以令人信服。明人田汝成认为《水浒传》是罗贯中独立完成的小说，不过，他在《西湖游览志余》中所说的话不仅不可信，而且语言之歹毒，令人不堪卒读。"钱塘罗贯中，本者南宋时人，编撰小说数十种，而《水浒传》叙宋江等事，奸盗脱骗机械甚详。然变诈百端，坏人心术，其子孙三代皆哑，天道好还之报如此！"不管田汝成是站在谁的立场上说话，对作者如此仇恨，都是毫无道理的，这种假道学、伪君子的话就更不足信。首先，他竟然毫无根据地断定罗贯中是南宋时代的人，言下之意，《水浒传》这部书早在南宋偏安一隅时就问世流传了，而事实上，根据文献记载，南宋小朝廷时代，所谓水泊梁山的故事，只是通过说书艺人的口在勾栏瓦舍流传，根本就不可能以小说的完整形式出现于南宋。而且他所说的罗贯中"编小说数十种"的言论也值得怀疑，现在能够查证的假托罗贯中之名的小说除《三国演义》《水浒传》之外，只有《隋唐志传》《残唐五代史演义》《三遂平妖传》，但是只要认真细读，这些作品不仅语言迥异，而且叙述风格也天壤之别。说到作者的审美理想，就更不用多说，《三遂平妖传》与《水浒传》《三国演义》的价值观就是相悖的。因此，如果说《水浒传》《三国演义》出自一人之笔尚且还值得商榷，而其他几部从文本阅读的角度去理解，就根本沾不上边，找不着北。其次，田汝成和明代的一些所谓正统文人一样，认为《水浒传》写宋江等人的事迹，不但是奸诈骗人之术，而且十分详细，这种坏书是不应流传的。第三，田汝成认为罗贯中写的《水浒传》是百般诡诈，是教人心术变坏的书，所以，罗贯中的三代子孙都是哑巴，是老天给他的报应。田汝成怀着变态的心理，用这种恶毒至极的语言写出的文字，是不足为凭的，他的关于罗贯中是南宋人的立论更是不堪一击。事实上，南宋时代流传下来的与《水浒传》有关的材料，比较有价值的当推龚圣与的《宋江三十六人赞》。这是龚圣与根据南宋宫廷画师李嵩为宋江等三十六人所绘的像而作的，每人一赞。《宋江三十六赞》是目前透露给我们的南宋时期《水浒》故事较为直接的资源，特别是在李嵩的"三十六人画"无法寻觅的今天，"三十六赞"及序言就显得格外珍贵。然而，龚圣与也只是根据画写了一些应景文字，这不但不是《水浒传》小说本身，甚至于连小说的故事源头都谈不上。关于这个问题，胡适在《〈水浒传〉考证》中说："龚圣与的三十六人赞里全无事实，只在那些'绰号'的字面上做文章，故没有考据材料的价值。"胡适是以"大胆假设，小心求证"而闻名的大学者，既然他"小心求证"出《宋江三十六人赞》只是在"绰号"做文章，那么这本书对《水浒传》的形成就不会有太实际的意义。事实上，《宋江三十六赞》的大部分文字都花在对"绰号"的解释和概括上，这对后来的说书艺人在坊间的表演或许有启示作用，但对宏大叙事的《水浒传》不过是冰山一角。无独有偶，同样是明人的王圻，在《续文献通考·传记类》中也肆无忌惮地攻讦罗贯中。王圻的所谓"通考"，不过是田汝成的拙劣翻版而已，毫无新意可言。"《水浒传》，罗贯著。贯字本中，杭州人，编撰小说数十种，而《水浒传》叙宋江事，奸盗脱骗机械甚详。然变诈百端，坏人心术，说者谓子孙三代皆哑，天道好还之报如此！"王圻任意篡改田汝成的观点，企图"通考"出点新鲜花样，结果只是把"其子孙三代皆哑"翻新为"说者谓子孙三代皆哑"，也就是把原来的"编次"者罗贯中子孙三代成为哑人修改为"说者"，即说这部书的艺人子孙三代皆哑，其用心之险恶，比田汝成有过之而无不及。前者是仇恨编撰者，后者对所有说书艺人都恨之入骨，这种公然亵渎千百万《水浒传》爱好者灵魂的恶劣用心，这种阻挠《水浒传》故事于民间流传的恶意行径，又怎么能够借助他们留下的笨陋文字考证出谁是《水浒传》的真正作者？

也不知是相互抄袭，还是以假乱真，总而言之，明代人大多异口同声地咬定，《水浒传》是施耐庵"的本"，罗贯中润色编次而成。如明人郎瑛《七类修稿·辩证类》卷二十三云："《三国》《宋江》二书，乃杭人罗本贯中所编。予意旧必有本，故曰编。《宋江》又曰钱塘施耐庵的本。"无名氏说罗贯中是太原人，郎瑛又说罗贯中是杭州人，这两个人的说法都不可信。郎瑛说

《三国》《宋江》（实际上就是《水浒传》较早的小说底本）都是杭州人罗贯中编的，注意是"编"而非"著"。为什么会是"编"呢？因为他认为"必有旧本"，意思很明白，罗贯中是在别人写作的基础上加工、润色、整理而成的，如同当下的不法书商用剪刀、糨糊编成的大作一样。但他又不敢肯定，因为他还听说，《宋江》是"钱塘施耐庵的本"。这就是今人所说的施、罗二人合作的根据。甚至于有的学者还考证出罗贯中是施耐庵的学生之类的无稽之谈，所依赖的材料就是"后学罗贯中编次"和明人胡应麟在《少室山房笔丛》卷四十一中所说的"然元人武林施某所编《水浒传》，特为盛行……其门人罗贯亦效之为《三国演义》，绝浅陋可嗤也"。胡应麟的话不可靠。第一，他是带着鄙薄的眼光看待这两部名著的，在胡应麟看来，《水浒传》《三国演义》这类演义性质的书"盖尤在传奇杂剧下"，不仅极端浅显简陋，而且令人不齿和可笑；第二，他所依靠的也是"世传街谈巷语"的材料，并没有作周密翔实的考证，所以还是自以为是地断言，施耐庵就是元代"武林"中人。这种无详尽文字作依据，无出土文物作佐证的所谓"师徒合著"说，纯粹是异想天开。明人高儒在《百川书志》卷六中也认为是施、罗合著，"忠义水浒传一百卷。钱塘施耐庵的本，罗贯中编次。宋寇宋江三十六人之事，并从副有百有八人，当世尚之"。高儒从内心深处就敌视《水浒传》所表彰的宋江等人，称之为"宋寇"，因此高儒之说也是拾人牙慧，以讹传讹。由于受时代的限制，王圻、田汝成、高儒这些所谓正统的文人学士，对《水浒传》所宣扬的反政府行为是持敌视态度的，他们内心深处始终拒绝这部小说，反对《水浒传》在民间流传，因此，他们关于《水浒传》的作者所持的言论，大多穿凿附会，断章取义，不能作为真凭实据的立论，只能作为参考。明代思想家李贽也认为《水浒传》是施、罗合作的，只不过他认为这部书是二人"发愤"之作。在《忠义水浒传序》中李贽明确说道："《水浒传》者，发愤之作也。""施罗二公，身在元，心在宋；虽生元日，实愤宋事。""敢问泄愤者谁乎？则前日啸聚水浒之强人也，欲不谓之忠义不可也。是故施罗二公传《水浒》，而复以忠义名传其焉。"李贽关注的不是《水浒传》的作者，他所关心的是这部书的思想内容和流传过程中所产生的社会影响。"实愤宋事"是指施耐庵、罗贯中二人借《水浒传》批评宋王朝不用贤人，对外屈辱称臣，抒发施、罗二人失国孤臣的忠义之愤。因此，李贽对《水浒传》作者的看法也只能作为一家之言，而且他的施、罗二公"发愤合著"说明显是沿用前人的言论。

现在出版的《水浒传》多数署施耐庵的名，于是便形成一种约定俗成的观念，即《水浒传》的作者是施耐庵，或者最后的编辑、整理、定稿者是施耐庵。其实，这种观点在明代后期就比较盛行，如明人王道生的《施耐庵墓志》。表面上看，这篇文章似乎很全面，对施耐庵生平干了些什么事，为什么要写《水浒传》，除了此书还写了些什么著作，都作了一一说明。因为王道生自称是施耐庵的晚辈和邻居，所以他杜撰的这篇"墓志铭"就成为后人认定《水浒传》是施耐庵创作的主要明证。但是只要认真揣读，便发现这篇施耐庵的"墓志铭"假而又假，纰缪颇多。文章开篇写道："公讳子安，字耐庵。生于元贞丙申岁，为至顺辛未进士。曾官钱塘二载，以不合当道权贵，弃官归里，闭门著书，追溯旧闻，郁郁不得志，赍恨以终。"其记载十分清楚明白，施公名子安，字耐庵，于元贞丙申年（1296年）出生，至顺辛未年（1331年）考取进士，曾经在钱塘做过两年的官员，因为性格直爽，与当时的达官贵人不合，便辞官回到家乡，闭门写书，追忆过去的所作所为，烦闷而不得志，最后抱恨而终。看上去滴水不漏，但只要略加推断，就谬处顿显。先说"至顺辛未进士"，根据《元史·选举志》记载，元朝开科选士一共进行了七次，分别是仁宗延祐二年（1315年）、延祐五年（1318年）；至治元年（1321年）；泰定元年（1324年）、泰定四年（1327年）；天历三年（元文宗至顺元年，1330年）；元统元年（1333年）。《元史》虽然是皇家修订的，或许有很多不利于统治者的史料会被删除，但是开科考试这样举足轻重的事是断不会漏记的，而且这七次考试是有一定规律性的，即每次科考相隔三年。王道生所说的"至顺辛未进士"，是指施耐庵在1331年考取进士，这纯属奇闻，因为至顺辛未这年元朝根本就没有开科考试，施耐庵又怎么考取进士？

那么是不是王道生将"至顺元年"误为"至顺辛未"？然而，至顺元年的进士名单中并无施耐庵的踪影。进士已属天子门生，高中皇榜的人史书上应该不会有误。再看王道生的"曾官钱塘二载"说，钱塘就是现在的杭州。如果施耐庵在杭州做过官，哪怕是个不入流的小官吏，即使《元史》上没有记录，地方志上也应该有零星记载，但《浙江通志》《杭州府志》《钱塘县志》等地方史书上，记载元代的大小官员名单中就没有施耐庵或施子安其人。以此推论，王道生的《施耐庵墓志》完全是无中生有、道听途说的闭门造车，因为历史上就没有施耐庵其人。王道生为了证明自己的立论，又历数施耐庵的大作："先生之著作，有《志馀》《三国演义》《隋唐志传》《三遂平妖传》《江湖侠客传》（即《水浒传》）。每成一篇，必与门人校对，以正亥鱼，其得力于罗贯中者尤多"。这又让人糊涂了，《三国演义》是以罗贯中之名编辑整理的，怎么又成为施耐庵创作罗贯中校对的了？而且《三遂平妖传》与《水浒传》写作价值取向完全不同，《三遂平妖传》把领导农民起义的王则称为"妖"，赞美的是"平妖"的功臣文彦博，这和《水浒传》所倡导的社会理想是背道而驰的。据文学史家考证，《三遂平妖传》属冯梦龙编纂的作品，而非施耐庵。很显然，王道生的这篇《施耐庵墓志》属于捕风捉影之作，因为他自己尚不敢确凿认定是否有施耐庵这个人存在，所以很多话均是模棱两可。譬如文中说道："公之事略，余虽不得详，尚可缕之；公之面目，余虽不得亲见，仅想望其颜色。"这足以说明王道生对施耐庵生平事迹并不知道，只是道听途说的一些逸事。但是，虽然如此，他还是可以不绝如缕、一条一条地把那些人所共知的事详细叙述出来。至于说到施耐庵本人，王道生自己说得清楚不过了，那就是"不得亲见"，只是想望一颜面都没有实现。为了证实自己谎言的真实性，王道生又编造了一段他与罗贯中邂逅的历史："盖公殁于明洪武庚戌岁，享年七十有五。届时余尚垂髫，及长，得识其门人罗贯中于闽，同寓逆旅，夜间炳烛畅谈先生逸事，有可歌可泣者，不禁相与慨然。"这似是而非的谎话被王道生编得好像是无懈可击。当然，他自己留了一手，一旦谎言穿帮，他就把责任推给罗贯中，因为施耐庵去世时他只是幼儿，还没有长大。等到长大成人了，偶然在福建的旅馆遇到施耐庵的学生罗贯中，并同宿一个房间，于是，两人相见恨晚，就着蜡烛的余烬畅谈施耐庵生平逸事，凡谈到可歌可泣的地方，两人都禁不住慷慨悲伤。王道生与罗贯中在他乡不期而遇的故事，真可谓是古人"无巧不成书"的经典版本。但这还不算巧，更让人啼笑皆非的是他还编出一段他是施耐庵一墙邻里的胡话："先生家淮安，与余墙一间，惜余生太晚，未亲教益，每引为恨事。去岁其后述元迁其祖墓而葬于兴化大营焉，距白驹镇可十八里，因之，余得与流连四日。问其家世，讳不肯道；问其志，则又唏嘘叹惋；问其祖，与罗贯中所述略同。"这篇《施耐庵墓志》的故事真是编得严丝合缝又无巧不成书。这王道生不仅是施耐庵一墙之隔的邻居，还在他乡巧遇其门人罗贯中，又恰巧遇到施家后人（施述元）迁施耐庵的墓于兴化大营，并与施述元相交四日，留恋不止，舍不得离去。于是向施家后代询问了施家的家世、施述元今后的志向，但都没有得到准确的答案，唯独问到祖上施耐庵时，得到的结论是"与罗贯中所述略同"。王道生写这篇《施耐庵墓志》，用绞尽脑汁除、挖空心思这样的字眼来形容实在一点都不过分。把一个历史上根本就不存在的人写得有根有据，如情如理，真正是"化腐朽为神奇"的欺天奇闻，这作假的功力的确令人叹为观止！除王道生给施耐庵写墓志铭外，明人杨新在《故处士施公墓志铭》中也提到施耐庵："先公耐庵，元至顺辛未进士，高尚不仕。国初，征书下至，坚辞不出。隐居著《水浒》自遣。"这篇墓志铭写的施耐庵的后人施以谦，文中提及的有关施耐庵的资料，基本是抄袭王道生，只是在抄袭过程中有意拔高施耐庵的品格，所谓"高尚不仕"，就是道德高尚不愿意做官。而且还吹嘘说明朝建立后，朝廷曾下诏书要施耐庵出山做官，他也坚决推辞不就，隐居故里著《水浒传》以自得其乐。这些带有彰显的文字，都是后人故意抬举施耐庵之所为，不足为凭。明末清初的才子评论家金圣叹不但极力反对李贽的"《水浒》忠义说"和"发愤著书说"，而且，关于《水浒传》的作者他认为非施、罗二人合著，而是施耐庵独立完成的。金圣叹点评的《水浒传》对原书的结构作了大幅度调整，虽然以袁无涯的一百二十回刻本《忠义水浒传》为底本，但只保留了七十一回，七十一回之后的内容被他大刀阔斧地拦腰斩断，并将第一回改为"楔子"，再写一段"惊噩梦"为结局，还借施耐庵的名写了一篇《原序》，对《水浒传》成书的原因和过程做了详细交代。"是《水浒传》七十一卷，则吾友散后，灯下戏墨为多；风雨甚，无人来之时半之。然而经营于心，久而成习，不必伸纸执笔，然后发挥。"这篇所谓的"施序"当然百分之百是假的，但是文字却十分漂亮，有的句子千古流传。所以，金批《水浒传》于1641年刻成之后，风行全国三百多年，大大提高了施耐庵的知名度，同时也误导了世间很多读者，都认为《水浒传》的作者就是施耐庵一个人。

由于金批《水浒传》流传广泛，受其影响，清朝有很多人都认为《水浒传》的作者是施耐庵，如铁珊在《增订太上感应篇图说》里就明确说："施耐庵作《水浒传》，子孙三代皆哑。"这又是正人君子们对《水浒传》流传的仇恨心理，为了证实自己立论的正确性，铁珊还举了几个莫须有的案例："袁于令撰《西楼记》，患舌痒症，自嚼其舌，不食而言，舌尽而死。高兰墅撰《红楼》，终身困厄。王实甫作《西厢》，至'北雁南飞'句，忽仆地，嚼舌而死；金圣叹评而刻之，身陷大辟，且绝嗣。"铁珊的观点与明朝田汝成、王圻之流如出一辙，都是站在统治阶级的立场上说话，视《水浒传》《红楼梦》《西厢记》等名著为洪水猛兽，对作品的作者更是刻骨仇恨，极尽谩骂之能事。而且铁珊的观点都是抄袭别人，不值一提。清朝人都认定施耐庵是有其人的，并且还有"族谱""宗祠建立纪述"之类的记载，但是，这些文字记述大多是来自明朝人的一知半解的说教，并无太多新论。如陈广德在清咸丰四年（1854年）写的《施氏族谱序》和自称施耐庵第十四世裔孙施岑在清咸丰四年（1854年）"谨记"的《施氏宗祠建立纪述》等。非常奇怪的是这些记述都把施耐庵作为施氏家族的始祖，而施耐庵之前的施家祖上均无记载。如施家后人写的《施氏宗祠建立纪述》："吾族始祖耐庵公，明初自苏迁兴，后徙居白驹场。由一本而支分派别，传衍至今，五百余年矣。"既然是"建立宗祠"的纪述，就应该对这个家族的来龙去脉进行详细的叙述，为何只从"始祖耐庵公"开始？耐庵公的父亲、祖父呢？哪怕简单扼要地交代几句也行，但是在清朝人的文字记录里几乎找不到。再如《施氏族谱》，也是以施耐庵为"第一世"开始记录，施耐庵之前的施氏祖先没有丝毫信息。由此可见，清人有关施耐庵的史料，基本上是来自明代人的零碎记载，并无新的旁证材料。他们写的所谓施耐庵的"墓志铭""施氏族谱""施氏宗祠""施耐庵传""耐庵小史"之类的东西，基本都是闭门造车，经不起推敲。还有一种说法，施耐庵是施惠。施惠是元末明初的戏曲家，有作品《幽闺记》《拜月亭》等。关于施惠，《录鬼簿》中有记载，说他眼睛很大，留着很长的胡须，是浙江杭州人。

这种说法也只是一种推测，根据两人都姓施，施惠也写过"水浒"戏，而且都是杭州人。除此之外，找不到任何施惠就是施耐庵的确凿证据。

综上所述，施耐庵、罗贯中在中国历史上是不存在的，他们只是一个假托的符号。为什么这样说呢？这要从中国古代的社会实情说起。在中国两千多年的封建文化史上，诗歌和散文是文学的正派产品，而小说这样的文体从来都归属于不入流的"街谈巷议""稗官野史"，作者常常遭到统治者的迫害和正统文人的唾骂，前面说到的施耐庵、罗贯中"子孙三代皆哑"就是很明显的例证。这样的人文环境，写作小说的人自然从来不署真名，都只是找个假名做替身，这就为后来的研究者带来很多麻烦，尤其是好钻牛角尖的考据者。正如鲁迅先生在《中国小说史略》中所言"疑施乃演为繁本者之托名"。意思是说，施耐庵是明朝中叶的书坊老板在刻印繁本"水浒"时假托的一个名字，而历史上是没有这个人的。既然施耐庵、罗贯中是虚拟的人物，那么彪炳千古的《水浒传》又是谁创作的？答案中只有一个：无名氏。不过这个"无名氏"不是指某一个人，而是千千万万的民众。其实中国古代文学中如《三国演义》《水浒传》《西游记》《金瓶梅》都不是个人的创作，而是融汇了多人甚至数千人的智慧积累而成的，《水浒传》尤其如此。《水浒传》最早的蓝本应该是南宋时代的民间说书艺人的说唱底本，这些本子大多是批评南宋小朝廷北面称臣的政治策略，这样带有"泄愤"性质的说书，自然深受人民群众的欢迎，其流传的广泛性可想而知。而且在流传的过程中，数以万计的说书人和听众都参与了创作。元人无名氏撰写的不是历史的历史文章讲史话本《大宋宣和遗事》，为《水浒传》的流传奠定了事实基础，而元人数不清的"水浒"戏曲为《水浒传》的最后成书准备了艺术框图。到了明中叶以后，资本主义开始萌芽，一些书商为了获取更大利润，把这些民间创作收集起来，请文人进行加工，然后刻印成书，将原来供听众"听"的说唱本变成小说卖给读者，最后又经过许多才华横溢、睿志进取的文人们的再创造，才形成现在我们读到的《水浒传》。所以说《水浒传》的真正作者恐怕找不到，这部小说的撰写者并不是某一个人，而是最广大的人民群众。

历史是人民创造的，《水浒传》更是人民创造的。

三、《水浒传》的创作时间问题

《水浒传》是什么时间开始创作？最后成型于何时？也是困扰研究者们的一个难题。当然，之所以难，是因为《水浒传》的作者本身就是个难解之谜，如果确定了作者，那么这些难关也就迎刃而破。但是，作为源头的作者是谁尚无定论，那么创作时间就似乎难下定论了。然而，这样一本流传千古的旷世奇书，不管是谁创造的，不管经历了多少人加工改造，既然有了现成的书，就必然有产生书的时间，有流传的背景。

《水浒传》被称为世代积累型作品，其创作时间就不可能很确切。

关于《水浒传》创作时间问题，较为流行的说法有四种。

第一是北宋末年创作，南宋末年成书。

最早提出这种看法的是明朝人，不过现在学术界支持这种看法的寥寥无几。持这种观点理由的人认为，宋江三十六人的故事发生在北宋末年，是历史上的真人真事，而且在民间流传甚广，因此民间艺人已经在北宋末年的民间说唱舞台上演出了宋江的戏，而演出的脚本应在当时就产生了。到了南宋，由于有正义感的民间知识分子对投降派的卖国行径十分不满，便将说书艺人的底本改编成小说，是"忠义热"的产物。这种观点虽然带有猜想性质，但是符合社会历史事实。因为历史上确有宋江其人，不仅宋史上有记载，而且在一些历史著作中也都有史料可以佐证，而且南宋末年也确实有许多"忠义传"的作品。关键是这些"忠义"性质的作品是不是我们现在读到的《水浒传》？南宋末年与"水浒"有关的材料是有的，比如罗烨的《醉翁谈录》里记载的话本名目就与"水浒"中人物有一定关联，如《石头孙立》《青面兽》《花和尚》《武行者》等，只不过这些话本故事全都湮没在浩如烟海的历史尘埃里，没有流传下来，这些话本与《水浒传》中的青面兽杨志、花和尚鲁智深、行者武松、病尉迟孙立等人物有没有直接联系，都是值得研究者探讨的问题。如果这些话本中提到的人物的确是"水浒"中的人物，那么这些单篇的英雄人物传奇就有可能是《水浒传》的早期作品。可是《醉翁谈录》里提到的说书话本现在根本无法找到，坚持这种观点的人也只能望文生义，做一些假想和推测。还有一个被常常用来证明"南宋成书"观点的材料是《宋江三十六人赞》。这是南宋画家龚开给宋江等三十六条好汉的画像和题诗，从所题的诗来看，与现在的《水浒传》是有一定渊源，但也无法支持"南宋末年成书"之说，因为这些题诗较为混乱，有张冠李戴的嫌疑，比如写燕青的："平汤巷陌，其知乳名，太行春色，有一丈青。"这只能有两种推算，一是当时确有燕青其人，但绰号不是"浪子"而是"一丈青"；再就是三十六条好汉中燕青是女性，因为"春色""一丈青"显而易见是女性形容词，最后成书的燕青一分二，是燕青和扈三娘的原型。还有"赞诗"没有提到"水泊梁山"，反而多次提到太行山，这就说明南宋流传的宋江等人的故事还没有和"水浒"有联系，自然不可能成书于"南宋末年"。再一个证明就是南宋历史学家王称的《东都事略》，这本书有几处提到宋江，但是也有自相矛盾的地方。如在卷十一《徽宗纪》中说："宣和三年二月，方腊陷楚州。淮南盗宋江陷淮阳军，又犯东京、入楚海州。夏四月庚寅，童贯以其将辛兴宗与方腊军战于青溪，擒之。五月丙中，宋江就擒。"如果按这一段话的记载，那么方腊、宋江都是童贯在两个月之内剿灭的，而且并没有大动干戈。但是，卷一百三《侯蒙传》却说："宋江寇京东，蒙上书陈制贼计曰：'宋江以三十六人，横行河逆、京东，官军数万，无敢抗者，其才必过人。不若赦过招降，使讨方腊以自赎，或足以来东南之乱。'徽宗曰：'蒙居间不忘君，忠臣也。'起知东平府，未赴而卒。"同样是一个人写的文章，结果却不一样，虽然引用的是退休官员候蒙给皇帝上的建议书，但是内容却大相径庭。按候蒙的说法，宋江带领三十六人在河北（河逆即现在的河北）、山东（京东即现在的山东）一带横行霸道，几万官兵都不敢抵抗。因而推断宋江必有过人之才，建议皇帝赦免他的罪恶，招降宋江的队伍，用他征讨方腊以赎自己的罪过。皇帝是否采纳候蒙的建议，是否招降宋江并令他去攻打方腊，不得而知，因为史书上没有确凿证据，但是皇帝十分重视候蒙的上书，称之为"忠臣也"，并重新起用候蒙为东平知府，只是"未到任时身先死"。不过，最后成书时的"宋江投降了，就去打方腊"的根据恐怕与候蒙的上书有一定原因。但是，候蒙的建议并非上策，宋江统领的三十六个强盗虽然厉害，但是用这样"游击队式"的土匪去攻打拥有百万之众、有组织有纪律、训练有素、声势浩大的方腊农民起义，只怕是以卵击石，就算皇帝要借刀杀人，坐收渔翁之利，也只是瞎子点灯多此一举。当然，从候蒙的上书中可以看出，宋江的部队人数虽然少，但很凶悍，而且贯于运用"打得赢就猛打，打不赢就逃跑"的游击战术，和前面说的"五月丙中，宋江就擒"完全是两回事。再看《东都事略·张叔夜传》又是怎样叙述的："会剧贼宋江剽掠至海，趋海岸，劫巨舰十数。叔夜募死士千人，距十数里，大张旗帜，诱之使战。密伏壮士匿海旁，约候兵合，即焚其舟。舟既焚，贼大恐，无复斗志，伏兵乘之，江乃降。"张叔夜历史确有其人，是北宋时代海州的知州，海州即现在的江苏连云港。按《张叔夜传》的解释，宋江统领的游击匪寇打到了连云港，抢劫了大船十多艘，张叔夜便招兵买马，最终募招了上千位不怕死的勇士，然后，在离宋江水上营区十里的地方大张旗鼓地挑战，诱导宋江出海作战，再于海岸线设下埋伏，宋江的部队一上岸，那些勇士就烧毁宋江的大船，断其退路，宋氏匪军丧失斗志，就只好乖乖向张叔夜举手投降。不难看出，这一段的内容和前面的叙说完全不同。而且同样是《东都事略》，一会说宋江在河北、山东，一会又说在连云港，就算宋江手下个个都是"神行太保"，也不至于到处窜逃，忽北忽南。也许是宋江当时的名声太大，各地小股农民造反派都打他的旗号，以造先声夺人之势。同时，也不排除张叔夜为了歌颂自己，杜撰一段收服匪首宋江功劳也未可知。《东都事略》是《水浒》研究者们经常引用的史料之一，以此来证明《水浒传》研究方面的一些难题，但若认真解剖，《东都事略》所记载的材料并不十分可靠，如果要用来证明"南宋末年"成书的材料，那就更不可信。

第二种说法是《水浒传》成书于南宋末年元朝初年。

这个观点在"水浒"研究界的认同率并不高。这种观点的主要依据是，明初有一部和《水浒传》比较接近的历史话本《大宋宣和遗事》。这个话本是元代无名氏创作的，讲述的是北宋灭亡的历史，话本的文字虽然十分简约，但写实性较强，且内容很丰富。涉及宋江和水泊梁山的文字大约有三千多字，现在《水浒传》中的部分精彩故事在话本中都有明确记录，如"杨志卖刀""智取生辰纲""宋江杀阎婆惜""玄女天书"等，甚至三十六位好汉的姓名和绰号也与现存《水浒传》没有多大差异。可以说《大宋宣和遗事》与《水浒传》的确有相近之处，或者说是"水浒"的主要蓝本之一。但要以此推论《水浒传》创作于南宋末年元朝初年，根据并不充足。虽然《大宋宣和遗事》中明确记述了宋江上梁山的经过，也叙述了水泊梁山的创业过程，但纵观全书，也只是勾勒了一个提纲，只能说为后来"水浒"的成书建筑了一个大致框图。比如《大宋宣和遗事》中的好汉名单只有三十六位，还没有发展到一百零八将，而且和后来的姓名不太一致，如"短命二郎"阮进、"混江龙"李海、"一丈青"张横、"火舡工"张岑、"铁鞭"呼延绰。当然这个历史话本在一些故事的描绘上还是较为详细，比如"杨志卖刀""智取生辰纲"都显得生动有趣，甚至有的诗歌写得很有特色，像宋江杀阎婆惜之后的四句诗，和成书后宋江在江湖上的名声就有一定的相似之处。诗曰："杀了阎婆惜，寰中显威名。要捉凶手者，梁山泺上寻。"但是，《大宋宣和遗事》毕竟是历史话本，虽然在写到宋江等人时，有故事、有情节，但主要还是按照编年顺序写北宋发生的一些历史事件，与成书后的"水浒"宏大叙事相去甚远。不过，有一点值得注意的是，《大宋宣和遗事》首次提到了"梁山泊"，但是此"梁山泊"非彼"梁山泊"。书中如是写道："且说晁盖八个，劫了蔡太师生日礼物，不是寻常小可公事，不免邀约杨志等十二人，共有二十个，结为兄弟，前往太行山梁山泊落草为寇。"这里所说的"梁山泊"指明是在太行山，而非山东省。这就和《水浒传》中的强盗根据地的大本营的"水泊梁山"在地理概念上南辕北辙。太行山是南北走向的山脉，而"水浒"里的"梁山泊"是黄河流经山东省的一个泄水湖，两者岂能混为一谈。于是有的学者根据这一点断言，"水浒"的作者可能生活在南宋末年至元朝初年，而且是南方人，没有到过北方或者对北方的地理一无所知。这一点倒是有一定道理，因为《水浒传》写到江浙一带的地形时非常翔实，连一座桥、一座庙都和现实生活中的情形所差无几。但是写到北方，特别是北京、河北、山西等地时，却经常大错特错，不辨东西南北。也许是南方的南宋小朝廷和北方的大金国对峙太久，南方的"水浒"

故事的创造者对北方的情况一无所知，只听说太行山、梁山泊都是强人出没之地，也就胡乱搅在一起了。但仅依靠这一点来断定《水浒传》的成书年代是南宋末年至元朝初年，还是不能自圆其说。虽然如此，从《大宋宣和遗事》所描述的整体内容来看，在元朝初年"水浒"的故事已基本成型。

第三种观点是《水浒传》创作的年代是元末明初。

这个观点在"水浒"研究界比较普及，捍卫者较多。原因是他们认为施耐庵、罗贯中大约就生活在这个时代。既然作者是这个时代的人，作品自然也就是这个时代产生的。然而，前面我们说过，不管是施耐庵还是罗贯中，都是历史上子虚乌有之人，因此《水浒传》是不是这个时代产生的，也要打问号。但是有一点必须说明的是，到了元代，"水浒"的影响已今非昔比，民间说唱舞台上，"水浒"戏盛况空前，尤其是元杂剧里的"水浒"戏不仅很优秀，而且流传广，对长篇小说《水浒传》的形成的确功不可磨。从现在保存下来的戏目看，元杂剧的"水浒"戏有五十多种，现在还完整保留的大概有十一种，但能真正确定作者的只有四种，即康进之的《黑旋风负荆》、高文秀的《黑旋风双献功》、李文蔚的《燕青博鱼》、李志远的《还牢陌》。其他如《宋公明排九宫八卦阵》《梁山五虎大劫牢》《梁山七虎闹铜台》《宋公明劫法场》《鲁智深喜赏黄花峪》《争报恩三虎下山》《王矮虎大闹东平府》《小李广大闹元宵夜》《张顺水里报冤》等作品，作者均难以查证，准确的年代也不好判别，但都是属于元朝的作品是肯定无疑的。元杂剧是北方戏种，剧作者北方人居多，从今天保存下来的作品看，作者对北方的地形地貌比较熟悉，如高文秀的《黑旋风双献功》第一折中宋江曰："某聚三十六大伙，七十二小伙，半垓来小喽啰，寨名水浒，泊号梁山。纵横河港一千条，四下方圆八百里。东连大海，西接济阳，南通钜野、金乡，北靠青、齐、兖、郓。七十二道深河港，屯数百只战舰艨艟。三十六座宴楼台，聚百万军马粮草。风高敢放连天火，月黑提刀去杀人。"这段开场白所叙说的"水泊梁山"的位置以及山寨的影响力和《水浒传》所描绘的基本相同，而且高文秀的这段宋江独白被稍加改动，移植到《水浒传》第七十八回开篇的"赋曰"中，可见高文秀等人的元杂剧对《水浒传》的成书有着巨大的绝对影响力。据马廉的《〈录鬼簿〉校注》所言，高文秀是山东东平府人，号"小汉卿"，所作"水浒"戏特别是"黑旋风"的戏颇多。"水泊梁山"就在东平，高文秀当然不会在地理知识上出错。而且，在高文秀等人的元杂剧中多次提到"三十六大伙，七十二小伙"的数字，这和过去的"宋江以三十六人，横行河逆、东京"就不一样，可以说这是一个信号，为后来的"三十六天罡、七十二地煞"等一百零八将的原型奠定了基础。应当肯定地说，无杂剧对《水浒传》的成书有三大贡献：其一，对山东"水泊梁山"的地理位置做了较为准确的界定，为后来"水浒"中的宋氏强盗集团的活动范围做了规定。因为无论占山为王，还是霸水为寇，总得有一个活动空间，而且这个空间必须符合自己的利益，这就是人们常说的"天时""地利"。而《水浒传》恰巧吸收了元杂剧的这个优点。其二，元杂剧确定了"梁山集团"的领导人数，"三十六大伙"的"大"应理解大头目，"七十二小伙"的"小"自然理解为"小头目"。因为从数字上分析，三十六只是七十二的一半，如果从人多势大的角度理解，"七十二"才更应该称为"大伙"。其三，元杂剧的许多情节为《水浒传》的叙述结构提供了故事基础。比如第七十三回《黑旋风巧捉鬼 梁山泊双献头》就是康进之的《黑旋风负荆》演变而来的。又如第七十六回《吴加亮布四斗五方旗 宋公明排九宫八卦阵》，连标题都是从元杂剧中原封不动地借来的。虽然元杂剧中的"水浒"戏遗失得太多，但只要将留存下来的剧本题目与《水浒传》作一一对照，就可以推断出元杂剧对"水浒"成书的影响力超过任何历史材料。但这并不证明《水浒传》就是成书于元末明初，因为首先作者是谁难以确定，定稿者施耐庵、罗贯中都只是假想人物，这两个符号的出生年代本来就众说纷纭，争议较大。其二，从横向比较，元杂剧对"水浒"是有很大影响，但从文学创作的规律上分析，这样的影响不会在很短时间内产生出这样一部规模宏阔、结构繁杂、人物众多的长篇小说，而应该经历一个较长的磨合期。由于《水浒传》的创作不是个人行为，是积累型作品，因而大量元杂剧的"水浒"戏只可能为收集整理者提供一个契机、一种准备。其三，《水浒传》的一些重头戏并没有出现在元杂剧中，如被逼上梁山的林冲，在现存元杂剧的存目中就几乎找不到。从以上三点来看，《水浒传》成书于元末明初的可能性很小。

第四种观点是《水浒传》成书于明代中叶。

支持这种观点的学者提出了这样几条理由来证明自己说法的正确性。第一，明代初年出现了一些"水浒"戏，这些戏的故事情节，甚至于人物都和《水浒传》完全不同，如果说《水浒传》成书于元末明初或者更早的时间，那么，明初出现的"水浒"戏就应该和长篇小说《水浒传》大致相吻合。这个说法有一定道理，《水浒传》这样广为流传、人民群众喜闻乐见的作品，如果你要把它搬上舞台，哪怕是民间舞台，假若情节故事和原著不一样，观众肯定不接受，甚至会反对，票房价值就不高，演出就达不到预期目的。第二，"水浒"里被招安的人物，有的被杀，有的自杀，宋江、卢俊义被毒死，作者如此描写的原因，是影射明朝开国皇帝朱元璋对功臣大开杀戒。这种分析是基于文学的社会功能来考虑的，虽然有道理，但对于"水浒"成书于明朝中叶却没有说服力。第三，《水浒传》中出现了一些明朝时候的地名，而这些名称元朝末年是没有的，所以"水浒"不可能产生于元末明初。这一条理由有一定说服力，只是"水浒"中提到的明代地名并不多，最重要的证据是容与堂本的第九十九回讲到混江龙李俊和童威、童猛等人在宋江平定方腊班师回朝的途中,"从太仓港乘驾出海,自投化外国去了。"李俊"后来为暹罗国之主"。持这种观点的专家认为,暹罗国这个国名是明朝开国皇帝朱元璋赐了"暹罗国王之印"后才有的,所以《水浒传》不会是元末明初的作品。这个观点虽然旁证不多,但也有一定道理。朱元璋赐他国王印应该是明朝广为人知的外交大事,明初以前的人自然不会有"暹罗国"这个概念。不过,像《水浒传》这样历经宋、元、明三朝三百多年积累而成的长篇小说,又经过从民间艺人创作到文人的修改、加工、润色,难道明人在修订的过程中就不可以加上几个明代的地名?而且《水浒传》在七十回以后,改动太大,增删又多,后人为丰富作品内容,加几个地名也是平常之事。第四,《水浒传》描写的武器有许多是明代中叶才有的,所以这部书应该是明代中叶完成的作品。"水浒"中的武器如果按种类划分,可分为冷兵器和火器两大类。冷兵器是指不使用火药而可在近战中砍杀敌人的武器,如刀、棍、剑、棒、矛、戈、钩、斧、枪、戟、鞭、叉、锏、盾、锤等。火器是指借用火药或其他燃料所产生的热能发射弹头的武器,火器杀伤性能强大,主要用于远攻,或集团性作战。"水浒"中使用的冷兵器有近三十种,这些兵器大都在远古时代就开始使用,尽管随着时代的发展,这些冷兵器肯定会有所改进,但我认为,这三十种冷兵器不会是到了明朝中叶才会出现。《水浒传》中所描绘的火器也有三十多种,如火炮、火枪、火球、火箭、金轮炮、子母炮、天雷炮、连珠炮、轰天雷炮等。这些火器是不是明代中叶才发明的，我没有考证过。但是根据历史记载，我国早在唐初的"贞观之治"就已经开始使用火器，到了北宋时已经发展到管形火器，应该是很先进了。所以"武器"之论似乎很难证明《水浒传》成书于明代中叶之说。第五，关于银子的使用。持这种观点的人认为，银子作为通用货币的流通，是在明朝中叶以后，而在元朝是不使用银子的，因此《水浒传》应该是明中叶以后才诞生的作品。这一点有一定说服力，因为从"水浒"的描写内容分析，银子就是整个"水浒"社会的通用货币。据我不完全统计，"水浒"写到银子的地方达上千处，"水浒"世界最常用的一句话就是"大碗喝酒，大块吃肉，论秤分金银，成套穿衣服"。可见"银子"在"水浒"的社会里是必不可少的，甚至于一百零八个头目之间的友谊深浅也常常用银子的多少来衡量。文学是社会生活的反映，在整个"水浒"的故事推衍中，"银子"总是扮演了关键角色，从第二回梁山人物史进登场亮相，银子就开始进入小说，直到最后小说结束银子的描写才终止。所以说，如果《水浒传》是明中叶之前产生的小说，作品里就不应该有如此多的"银子"描述。当然，《水浒传》是以北宋末年的生活现实为写作对象，作品写到银子也是无可厚非的。但是作品在写到通用货币时，应更多地以北宋末年使用的铜钱为主，当然也有"几千贯钱"之类的叙述，但是在作品中所占比例太少。以此观之，《水浒传》应该是明中叶之后才最后定稿成书的。

除了上述理由外，从版本学的角度看，《水浒传》的很多重要版本都是在明中叶之后刻印刊出的。再从社会学的层面剖析，明中叶后，政治日益腐败，自明武宗以降，屡出昏君，皇帝常年不上朝，大权旁落宦官之手，政治危机不断加深，民间艺人和民间知识分子便利用《水浒传》反贪官不反皇帝的写作主旨来大做文章，加速了"水浒"的最后定稿。另外，明中叶后，资本主义经济在东南沿海开始萌芽，受其影响，在江浙一带出现专事刻印畅销书的"书商"，受利润的驱逐，许多在民间颇为人民群众青睐的说唱戏本被大量改编成长篇通俗小说，在这样的畅销书大潮的推涌下，《水浒传》应运而生。所以我认为，《水浒传》的最后成书时间应当是明朝中叶。

《水浒传》的成书经历了前后三百多年的时间，这在中国文学史上是罕见的。最早是一些历史书籍的零星记载，这些记录主要集中在北宋末年和南宋时期，不仅不完整，而且相互矛盾。如《东都事略》《三朝北盟会编》《续宋编年史资治通鉴》《通鉴长编记事本末》《皇宋十朝纲要》《建炎以来系年要录》《宋会要辑稿》等。另外在一些文人的私人志记里也有刊载，但也是仁者见仁，智者见智。无论正史或者是野史，都没有一个统一的说法。南宋末年至元初，结合当时的社会现实，一些民间说书艺人根据听众所需，将历史上的宋江故事编成说唱底本在民间舞台上演讲，这是"水浒"故事一次群众性、大规模的集体创造。元代中期至明朝初年，许多杰出的剧作家将民间艺人的话本改编成元杂剧，搬上舞台，这是"水浒"故事从民间走上文学殿堂的关键一步。明朝初期的几十年，又有很多文人在"话本"和元杂剧的基础上进行再创造，就有了"水浒"人物中的单篇传奇故事。到了明代中叶，随着商品经济的迅猛发展，印刷业也遇到了前所未有的发展契机，江苏、浙江、福建的私营书坊异军突起，如雨后春笋般地冒出来，各地书商为了谋取高额利润，到处搜索适合畅销的各种书稿底本来雕刻印刷，而具有山林快意、月黑杀人、风高放火的"水浒"故事，毫无疑问成为首选。一些对社会不满的文人也有改编"水浒"讽刺朝廷的欲望，书坊老板便趁机组织大批穷酸秀才参与创作，最后才成书定稿为《水浒传》。于是，大量的"水浒"版本就在明中叶应运而生。即便如此，此后的一些文人又在此基础上又进行了再创造，如明代思想家李贽，明末清初的文学评论家金圣叹，都对《水浒传》做过一定的修补、删节。如同顾炎武在《日知录》中所言："万历年间人，好篡改古书。"所以说，以《水浒传》震撼人心的艺术力量和宏大而高超的艺术手段而论，不可能出自单个作家之笔，而是三百多年数以万计的智者的结晶。

四、《水浒传》的版本问题

《水浒传》的版本说简单也简单，说复杂也复杂。说简单是因为《水浒传》可分为"繁本"和"简本"两种。说复杂是要辨析清楚"繁本"与"简本"孰先孰后，"繁本"与"繁本"之间的区别，"简本"与"简本"之间的区别，"繁本"与"简本"之间的区别，都不是容易之举。

《水浒传》版本问题中最复杂的是原始祖本问题。

什么叫繁本？顾名思义就是内容丰富、文字较多、叙事细腻而曲折的版本。繁本有七十回本、一百回本、一百二十回本三种。繁本共同特点是没有征田虎、征王庆的故事。最主有的繁本有以下几种：

《京本忠义传》，明朝正德嘉靖年间刊刻。1975年发现，只有残页，分别是第十卷第十七页和第三十六页上半页三行及下半页。《京本忠义传》还未用"水浒"二字，可能是现存一百回繁本中最早的版本。现藏上海图书馆。

《忠义水浒传》，明朝嘉靖年间刊刻，残本，只有第十一卷第五十一回至五十五回，这个版本题"施耐庵集撰""罗贯中纂修"。是较早假借施罗二人名号的本子。郑振铎藏。

《忠义水浒传》，又称明"天都外臣序刻本"，一百回本，明万历十七年（1589年）刻本。关于这个版本，明代文学家沈德符的《万历野获编》有一段文字记载："武定侯郭勋，在世宗朝好文，多艺。能计数。今新安所刻《水浒传》善本，即其家所传，前有汪太函序，托名天都外臣者。"所以这个版本又称为"郭勋本"或"天都外臣序刻本"。

《李卓吾先生批评忠义水浒传》，一百回本，即明朝万历三十八年（1610年）容与堂刻本，是现在保存最早和最重要的版本。虽然"天都外臣序刻本"比容与堂本的时间早，但真正的"天都外臣序刻本"已经佚失，现存的所谓"天都外臣序刻本"本是清朝康熙年间的补刻本。

《李卓吾评忠义水浒传》，一百回本，明代万历年间芥子园刻本。前有李贽评语和大涤余人序。李玄伯藏本，明刻《忠义水浒传》，也有大涤余人序和李贽评语。这两种版本的李卓吾评语相同，但与容与堂刻本却有较大差异。

《新镌李氏藏本忠义水浒全书》，一百二十回本，明朝万历四十二年（1614年），书种堂主人袁无涯刻本。也有李贽的序和杨定见小引。其中李贽的评语与芥子园本和李玄伯藏本基本相同，估计是伪造的。该版本是在一百回本的基础上改编的，增加了简本中的征田虎、征王庆的故事。

《第五才子书施耐庵水浒传》，七十回本。明崇祯年间贯华堂刻印。这个版本是金圣叹用袁无涯刻本和芥子园本作底本删繁就简而成。金圣叹将原书的第一回《张天师祈禳瘟疫　洪太尉误走妖魔》移花接木，改成《楔子》，又将第七十一回《梁山泊英雄排座次》改为《梁山泊英雄惊恶梦》，再将七十一回之后的内容一刀砍断，便成为金批七十回本。金批本伪托施耐庵之名写了一篇序，自己作了两篇序，并称之为是真正"古本"。金圣叹对每一回、每一段都作了批点，改动了一些不合理的情节，对文字作了大量润色加工。由于金圣叹对宋江深恶痛绝，所以对原书描写宋江的语言删改较大。应当承认，金圣叹的点评有许多独出心裁的艺术见解，这也是自清朝以来至新中国成立前夕，金批本压倒一切版本，成为"水浒"通行本的一个重要原因。

简本，就是指叙述简要，文字简洁，篇幅较短但故事内容多的版本。简本的共同特点就是都有征田虎、征王庆的故事内容。比较重要的简本有：

《新刊京本全像插增田虎王庆忠义水浒传》，残本，明朝刊印。只有第二十卷五回和第二十一卷一回，现存巴黎国家图书馆。

《京本增补校正全像忠义水浒传评林》，明万历二十二年（1594年）双峰堂刻本。二十五卷，一百二十回本。

《鼎镌全像水浒忠义传》，明代黎光堂刻印，一百五十回本。

《英雄谱》二十卷一百回本与《三国演义》合刻刊印，明代熊飞馆本。

此外，简本还有《汉宋奇书》等多种版本，回目有一百回、一百一十五回、一百二十四回，都有征田虎、征王庆的故事，但文字比较粗糙，"止录实事"，情节错谬百出，显然是商贾为求利润而胡乱拼凑而成的。

是先有繁本还是先有简本，这是"水浒"研究界经常争议的问题。如按文学创作的一般规律，应是先简后繁。因为《水浒传》这样洋洋百万字、人物数以千计的鸿篇巨制，应该有一个文字逐步精细、内容逐渐丰富、人物日趋统一的过程。鲁迅先生也持此说，他在《中国小说史略》中说："现存之《水浒传》实有两种，其一简略，其一繁缛。"又说："应麟所见本，今莫知如何，若百五十回简本，则成就殆当先于繁本，以其用字造句，与繁本每有差违，倘是删存，无烦改作也。又简本撰人，止题罗贯中，周亮工闻于故老者亦第云罗氏，比郭氏本出，始着耐庵，因疑施乃演为繁本者之托名，当是后起，非古本所有。后人见繁本题施作罗编，未及悟其依托，遂或意为敷衍，定施耐庵与罗贯中同籍，为钱塘人，且是其师。"鲁迅先对《水浒传》的各种版本进行分析比较后，提出了就一百五十回简本而言，应该是先于繁本。而且简本的文字、情节都与繁本有较大差异，不是删节本。而繁本是借施耐庵的托名而作的，应当是后来的版本，而不是原来的"古本"。鲁迅的观点立论有据，在学术界的影响较大，支持者较多。

但是一些学者对这两种版本进行比较后，提出了先繁后简的论断。他们认为，先存的简本是书坊老板为"节缩纸板，求其易售"，删繁就简而成。因此，简本粗制滥造，错误百出，不仅情节上有漏洞，人物性格也是前后矛盾。这个观点当然也有说服力，明中叶之后的简本也确实大都出自书坊商贾之手。但是，若以"水浒"成书的过程来看，在明中叶之前就应该有真正的简本。为什么这样说，因为"水浒"的成书经历了历史文献—民间传说—民间话本—民间戏曲—元杂剧—单篇英雄传奇—文人集体创作，这样一个时间久，参与者多，由简单到复杂的过程。

还有一种观点认为，《水浒传》的繁本和简本不存在谁先谁后的问题，而是两个不同的版本，是互不干涉的两个创作系统。这种看法有一定的合理性，但是与《水浒传》的成书过程不相符，与文学创作的规律也不相一致。

因此，我认为，《水浒传》应该是先简后繁。至于明中叶之后的简本破绽百出，那是因为书商追求"时间就是金钱"的恶果造成的，而不是简本的错。只要看看当今不法书商伪造的盗版书，就不难想象明代中叶书坊老板刊印的大批《水浒传》的简本其质量是怎样的低劣。

第二章

《水浒传》的思想内容

一、"替天行道"新解

"替天行道"是飘荡在水泊梁山上的一面杏黄大旗,这四个字是梁山好汉们行动的纲领,是他们斗争的指南,也是"水浒"黑帮攻城略地、抢夺钱财、破坏和谐社会的漂亮借口。搞清楚"替天行道"的意义,以及这帮绿林强人是如何"替天行道"的,就能基本理解《水浒传》是一部什么样的长篇小说,对其思想内容自然有一个清醒的认识。

"替天行道"并不是宋江提出来的。历史上宋江确有其人,但是我们现在能够见到的历史记载中,找不到这个口号是宋江提出来的证据。关于"水浒"的故事,历史演义《大宋宣和遗事》的记录比较详细,有许多情节与《水浒传》相同,但是也没有提到"替天行道"的政治主张。这四个字最早见于元代康进之的杂剧《梁山泊黑旋风负荆》中的第一折宋江独白:"杏黄旗上四个字,替天行道宋公明。"另外,元代无名氏的杂剧《争报恩三虎下山》在"楔子·宋江词"里也提到这四个字:"忠义堂高搠杏黄旗，一面上写着：'替天行道宋公明。'"可见"替天行道"是后来的文人在进行"水浒"故事和文学创作时，赋予主人公宋江的思想，这种创作倾向被"水浒"的改编者们认可，又加以升华、提炼，便成为水泊梁山的纲领性口号。

要梳理这四个字所表达的内涵，首先搞清楚"天"和"道"的本质意义。《说文解字》对天的解释是："天，颠也。至高无上，从一大。"《尔雅·释诂》的注释是："天，君也。"《诗经·大雅·荡》中写道："天降滔德，女兴是力。"这首诗的宗旨是周大夫用文王指责殷商的暴虐，以警周暴君。所以翻译成现代文就是：老天生这个害人的君主，你反而用力量帮助他。《鹖冠子·度万》则说："天者，神也。"王国维在《观堂林集》中说："古文天字本象人形。……本谓人颠顶，故象人形。"从以上注解中不难看出，古人对"天"理解是把自然现象之天看成是主宰宇宙万物的一种无穷力量，而人类社会也是"天"管辖的一部分，必须听天由命，受制于天。但是上天离人间太遥远，无法直截了当地掌管人类，因此就授天命于一人，让他代替上苍统治人民，这个人当然只能是万人之上、九五之尊的皇帝，也就是天之子。《孟子·万章上》中有一段对话：

> 万章曰："尧以天下与舜，有诸？"孟子曰："否，天子不能以天下与人。""然则舜有天下也，孰与之？"

曰：'天与之。'"天与之者，谆谆然命之乎？"曰："否。天不言，以行与事视之而已矣。"曰："以行与事示之者，如之何？"曰："天子能荐人于天，不能使天与之天下；诸侯能荐人于天子，不能使天子与之诸侯；大夫能荐人于诸侯，不能使诸侯与之大夫。昔者，尧荐舜于天，而天受之，暴之于民，而民受之。"故曰：天不言，以行与事示之而矣。

按照儒家观念，尧、舜、禹的禅让不是人之所为，而是天意，是"天与之"。所以《水浒传》的"替天行道"的"天"实际上就是指天子，准确地说就是北宋末年的皇帝宋徽宗。在儒家道德宇宙观中，天道与人间是遥相感应的，皇帝是天之子，是上天委派他来治理人间，"代天牧民"，代替上天治理国家，管理人民，皇帝的所作所为都是贯彻上天的旨意，因此皇帝必须体察上苍好生之德，爱民如子，克勤克俭，鞠躬尽瘁，以国为家。如果皇帝荒淫无道，祸国殃民，不能很好地体谅天心，没有按照天意施行仁政，贪官污吏横行霸道，上天就会派"天罡""地煞"到人间替"天"行道，帮助天子主持公道。《水浒传》非常巧妙地运用了儒家的这种天人宇宙观，在第一回就有意识地安排"洪太尉误走妖魔"的谶言，上天要假借洪太尉之手将"三十六员天罡星，七十二座地煞星"，放出天庭，下界人间，"替天行道"，主持正义，除暴安良。用小说中的话说就是"三十六天罡临化地，七十二地煞闹中原"。"水浒寨中屯节侠，梁山泊内聚英雄。细推治乱兴亡数，尽属阴阳造化工。"也就说，这一百零八位"天罡""地煞"是上天派来帮助天子行道的，他们杀人放火，相聚梁山，是顺应天命；他们占领城池、抢劫国库，是受上天的差遣，他们的所作所为都是为了完成"天"的使命。他们的一切破坏行为都因"替天行道"而变得合理合法，甚至于是忠义之举。

道，《说文解字》的解释是："道，所行道也。"本意是指人行走的道路。但可进一步引申为道德、道义，如《左传·桓公六年》云："所谓道，忠于民而信于神也。"也有政治局面和政治主张的含义，如《左传·成公十二年》云："天下有道，则公侯能为民干城，而制其心腹，乱则反之。"同时"道"还有规律、事理的意义，如《易·说卦》云："是以立天之道曰阴与阳，立地之道曰柔与刚，立人之道曰仁与义。""道"还有宇宙万物的本原、本体的意思。如《易·系辞上》云："一阴一阳之谓道。"韩康伯注释为："道者，何物之称也，无不通也，无不由也，况之曰道。"综合以上注解，我认为《水浒传》中的"替天行道"之"道"，应该是"忠于民而信于神"的道德、道义和政治形势、政治措施的意思。也就是说，宋江等人的造反不是个人行为，而是天命难违，他们是代替上天、帮助皇帝主持公道，他们上梁山不是落草为寇，而是"天下无道，有道伐之"，是为国分忧，救民于水火。

但事实上，水泊梁山所行之"道"并非道德、道义，而是江湖之道。作品虽然虚构了征大辽、捉田虎、降王庆、平方腊的情节，但是这些所谓的为国建功，恰好就是他们阻碍历史前进的罪证。

为了让宋江集团披上合理的受命于"天"的外衣，小说在第四十一回中大肆渲染宋江等人受命于天的缘由。作为上天代表的九天玄女，又是请宋帮主喝酒，又是请他吃仙枣，还亲授他三卷天书。并法旨道："宋星主，传汝三卷天书，汝可替天行道，星主全仗忠义，为臣辅国安民。去邪归正，他日成果满，作为上卿。……玉帝因星主魔心未断，道行未完，暂罚下方，不久重登紫府，切不可分毫懈怠。" 这就是说，宋江等一百零八人的前因后果，皆是上天早已安排妥当，一切都是天意所定。在如此的"天命观"的统摄下，"水泊梁山"的事业轰轰烈烈，蓬勃发展。而且宋江成为水泊梁山的老板后，每遇到挫折或难办之事，九天玄女和她所授的天书都能帮他渡过难关。如小说第八十八回写宋江招安后征辽受挫，百般苦闷，无计可施，玄女又派青衣女童将他领去仙界，教他破辽军的"混天象阵"，临走时又千叮咛、万嘱咐："吾之所言，汝当秘受，保国安民，勿生退悔。天凡有限，从此永别，他日琼楼金阙，别当重会。" 宋江等人所行的"道"都是天授意的，他们肩负的是天的使命，不管他们干了什么，他们的行为是无可指摘的，因为他们奉行的是"天命"。那么宋江统领的梁山大军行的又是什么"道"呢？应该说，宋江未上梁前，水泊梁山的行事如同打家劫舍的强盗，杀人越货，抢人钱财，那是家常便饭。宋江上山后，也曾想认真整顿军纪，无赖这帮好汉一个个都是唯我独尊、来去自由的山大王，他们只知道"大碗喝酒，大块吃肉"，为黑道上朋友两肋插刀，至于道德、良心、法度，于他们而言形同虚设。所以宋江的忠义招安的大政方针并没有深入人心，"替天行道"的宗旨没有得到贯彻执行。

"水泊梁山"的宋氏帮会，虽然打着"替天行道"的大旗，但干的却是背离天理、灭绝人性的坏事。不要说"月黑杀人，天高放火"，光天化日之下，为救帮主宋江的性命，在江州劫法场时，"不问军官百姓，杀得尸横遍野，血流成渠，推倒攧翻的，不计其数。"出于江湖义气，为救宋江、戴宗性命而劫法场，原本也无可非议，但是作为看客的老百姓何罪之有？怎能不问青红皂白见人就杀？似乎只要救下宋老大的性命，不管什人都可以大开杀戒，杀得"尸横遍野，血流成河"也无关紧要。由此看来，水泊梁山的"替天行道"，严重违背了"上天有好生之德"的道德理念，他们所行之道也就是江湖道义而已。在宋江的指挥下，水泊梁山的所谓义军扫荡大宋朝政府的城市，所到之处，杀人放火，抢劫财物，无恶不作。"杀戮高唐州""扫荡青州城""兵打北京城""火烧翠云楼""血染大名府"，这就是梁山宋氏黑帮的"替天行道"。宋江为了救卢俊义，水泊梁山大军倾巢而来，杀入北京城，不论贵贱、不管官民，无论是三教九流，还是烟花女子；休管他是街头市民，还是过路客商；也不管是杂耍艺人，还是市井细民；无论是十八男儿，还是如花仕女。总之，宋江大军所到之地，见人就砍，杀人如麻，真可谓是血染大名府，兵刃北京城。正如第六十六回中诗云：

> 烟迷城市，火燎楼台。千门万户受灾危，三市六街遭患难。鳌山倒塌，红光影里碎琉璃；屋宇崩摧，烈焰火中烧翡翠。前街傀儡，顾不得面是背非；后巷清音，尽丢坏龙笙凤管。班毛老子，猖狂燎尽白髭须；绿发男儿，奔走不收华盖伞。耍和尚烧得焦头额烂，麻婆子赶得屁滚尿流。踏竹马的暗中刀枪，舞鲍老的难免刃槊。如花仕女，人丛中金坠玉崩；玩景佳人，片时间星飞云散。瓦砾藏埋金万斛，楼台变作祝融墟。可惜千年歌舞地，翻成一片战争场。

这首诗歌虽然带有夸张水分，但是从一个侧面证实了梁山大军人人均是屠城高手，个个都是杀人魔王。如此杀戮场面，连职业刽子手蔡福都吓得心惊肉跳，急忙对柴进说："大官人可救一城百姓，休教残害。"等到柴进找到军师吴用，传下军令"休教伤害良民时，城中将及伤损一半"。假如不是蔡福心发善意，那全城百姓岂不是被赶尽杀绝？如此"替天行道"，简直是天理难容。通读《水浒传》，烧店燃城，对梁山好汉来说几乎是家常便饭，至于残暴的杀人场面，对他们来说更是早已司空见惯。不管是招安前与官军的对抗，还是招安后与大辽厮杀，还是与真正的农民起义军拼命，都体现梁山大军的强人匪气。如果靠这一群人来"替天行道"，那么人间社会就只有暗无天日。

通过以上分析，我觉得水泊梁山的这面旗帜改一个字即可："替天行盗"。

二、《水浒传》不是描写农民起义的长篇小说

现在出版的《水浒传》都在"前言"或"出版说明"中称：这是我国第一部以农民起义为题材的长篇小说。然而，新中国成立以前刊印的《水浒传》没有一本称之为"农民起义"的书。为什么？因为那时候没有"农民起义"这个词汇。虽然历代农民战争并没有真正推动历史向前发展，大部分起义都只成为王朝更迭的工具，但每一次农民起义还是提出了一些对农民有益的口号，而且在战争过程中让农民得到了实惠，比如分到土地和粮食，免除劳役和税赋等。从最初的陈胜、吴广到清朝道光年间的洪秀全，他们的起义都是为了自己做皇帝。不错，这些暴乱都是"官

逼民反"所引起的，但是，由于中国是个农业大国，长期"男耕女织"的小农经济，束缚了人们的思想观念，因而历代农民起义都只是反贪官、反皇帝，砸碎一个旧的封建王朝，又建立一个新的封建王朝。两千多年来，数以百计的农民起义并没有从根本上动摇封建制度的根基，每一个农民起义的领袖都无比怀念金銮殿上的龙庭宝座，不思索从体制上如何改革这个泱泱大国的历史命运。我对农民起义的历史没有做过深入研究，但直觉告诉我，历史上的每一次农民战争，并没有真正推动历史向前发展。由于农民不代表先进生产力的发展方向，所以农民运动和农民战争只停滞在反对现存的封建秩序，而没有彻底改变封建制度。几乎所有史书都将农民起义的领袖描绘为至高无上、完美道德的化身，这实在是值得认真思考。远的不说，就以明末的"闯王"李自成而论，从小好吃懒做，当兵后杀了上司，然后投降绿林好汉王左桂、张存孟，这样的人当上了农民暴动的领袖后，只会把广大的农民群众作为他篡位夺权的工具，而不会真正关心广大人民群众的根本利益。所以，历史上把《水浒传》这样描绘绿林好汉的长篇小说命名为"诲盗"之书是有一定道理的。至于新中国成立后是谁第一个把《水浒传》冠之以"农民起义"的长篇小说，我没有考证过，也用不着去做烦琐的考证。因为这已经不重要，重要的是从小说的文本意义上分析，《水浒传》无论从哪个角度去解剖，都没有一点"农民起义"的因素，横看竖看，我就是找不到一丁点儿农民战争的影子。通读全书，只有在第十五回"吴用智取生辰纲"这一场打家劫舍的战斗中，白胜挑着白酒走上黄泥冈时唱的民歌还有点同情农民的味道："赤日炎似火烧，野田禾稻半枯焦。农夫心内如汤煮，楼上王孙把扇摇。"除此之外，整部小说很难看出以宋江为黑帮大哥的"水浒"好汉们的战斗是为农民而战。历史上的宋江肯定是农民暴乱的领导者，但《水浒传》里的宋江则不然，整个"水泊梁山"的社会理想是"大碗喝酒，大块吃肉，论秤分金银，成套穿衣服"。他们的政治目的是只反贪官，不反皇帝，杀富而不济贫，这和历代农民暴动的宗旨和行动是相背离的。从陈胜、吴广到洪秀全，有哪个农民暴动的领袖不想当皇帝？据史学家考证，只有明朝正德年间在河北霸州领导农民暴乱的赵鐩才只反贪官，不反皇帝。但是，这个赵鐩最后照样被正德皇帝抓进京城，剥皮而死，正德皇帝甚至用他的人皮做马鞍。你不反皇帝，皇帝一样杀你，所以历代农民起义的领导者们除这个姓赵的外，没有哪个不想称王称霸，至于说到九五之尊的皇帝，人人都想取而代之。连李逵这样大字不识的杀人狂都知道："杀上东京，夺了鸟位，晁盖哥哥做个大皇帝，宋江哥哥做个小皇帝。"历史上每一次农民起义，都是既反贪官，更反皇帝，所谓"官逼民反"的"官"，实际就是皇权政府系统的统治机构，你不推倒这个机构，最广大的人民就不会拥戴你，没有"覆舟"的力量源泉，就不可能实现问鼎中原的目标。所以，我认为《水浒传》

是一部描写绿林强人的小说，而不是歌颂农民起义的作品。

纵观历代农民起义，大都发生在乱世分裂的环境之中。动乱的初衷确实是统治者残暴的掠夺和压迫所逼，人民吃不饱，穿不暖，走投无路，不得已才揭竿而起，锋芒直指皇帝。尽管很多起义都被改朝换代的枭雄们所利用，但是他们打出的旗帜的确深得农民拥护。如"苟富贵，勿相忘""王侯将相，宁有种乎？""吾疾贫富不均，今为汝均之""摧富益贫""均田免税""等贵贱，均田地"等等。这些口号或主张人格平等，或主张均分田地，他们给饥寒交迫之中的广大农民群众绘制了一张众生平等、人人有饭吃、个个有衣穿的理想社会蓝图，这对于衣不遮体、食不果腹的弱势人群来说，不失为一种社会理想。所以，他们宁肯牺牲自己，也要捍卫这个神话中的理想社会。《水浒传》却不然，梁山泊高悬的杏黄旗上，大书特书的"替天行道"四个大字，当然是宋氏集团的政治口号，这个口号并没有包含农民的利益，反而是把大宋皇帝作为精神领袖。这个"天"字的狭义内涵就是指天子，而"道"则是指国家的政治秩序和社会理想。"替天行道"就是代替皇帝实施人道主义，帮助朝廷管理国家。或者说得再好听一点，就是替皇帝处罚贪官，为人民伸张正义。也就是说，"梁山泊"集团是因为奸臣当道，国家混乱，民不聊生，所以他们这些黑社会的哥们兄弟"路见不平一声吼"，站出来代替皇帝主持公道，管理国家。也正因为如此，宋江上梁山后，"招安"就成为梁山泊的大政方针。这和历代农民起义以推翻统治王朝为政治目标是何等的差别？你能说这样一帮杀人越货，抢人钱财，还时刻等候大宋王朝收购招安的山匪水霸是农民起义？

为了实现招安目的，宋江上山后，对晁盖时代的路线做了大量修正，其中"只反贪官，不反皇帝"作为梁山泊与官府斗争的主要方针来贯彻执行。但是，这反贪官也就是作为口号喊喊罢了，真正的有实权的大贪官，宋江领导的暴力革命没有反，也不敢反。比如"三败高俅"后，宋江、吴用等人对高俅的态度就很说明问题。宋江对被俘上山的高俅曲意讨好，连续三日摆下酒宴赔罪。宋江对高俅是这样表忠心的："文面小吏，安敢反逆圣朝！奈缘积累罪尤，逼得如此。二次虽奉天恩，中间委曲奸弊，难以缕陈。万太尉慈悯，救拔深陷之人，得瞻天日，刻骨铭心，誓图死报。"宋江的意思是朝廷两次招安，因为中间有奸人作怪，所以难以向高太尉陈述，希望高大人发发慈悲，救他们这些犯罪之人，向皇帝推荐梁山好汉，他日誓死报答高太尉。这完全是一副哈巴狗嘴脸，哪里还有一点胜军之将的气概。金圣叹认为，《水浒传》先写高俅是"乱自上作"，这话很有道理，因为上梁不正下梁歪，有了高俅、蔡京、童贯这样的奸臣把持朝纲，才会出现贤能在野、不肖在朝的黑暗现实。既然"水浒"的好汉们要反贪官，那么抓到北宋最大的贪官高俅时，为何不杀之而痛快？要知道，水泊梁山的好汉们如林冲、柴进、杨志、鲁智深等人，都与高俅有着血海深仇。所以说，"水浒"反的所谓贪官也只是一些不入流的小官吏，真正像高俅、童贯、蔡京这样能够左右朝政的巨贪，宋江能见上一面，都是他平生之宠幸，他还会反对他们？假定晁盖没有死，或者梁山泊的带头大哥是林冲、柴进、鲁智深、武松之中的其中一人，那被俘上山的高俅还有生还的可能吗？因此，宋江领导的梁山暴动根本算不上农民起义。从本质上说，《水浒传》所描绘的水泊梁山的斗争，充其量也就是一场流窜犯的暴乱。

历代农民动乱，不管怎么说，在起义的过程中总是杀富济贫，开仓放粮，所到之处不仅对广大人民群众秋毫无犯，还真正做到"打土豪，分田地"。但是梁山水泊的山林强汉们的所作所为又如何？他们杀富而不济贫，打土豪而不分田地。"智取生辰纲"是梁山兄弟们第一次也是较大规模的一次"杀富"举措，在吴用的精心策划下，梁中书送给他老丈人蔡太师的十万贯金银珠宝被晁盖等七人抢夺。这些金银珠宝虽然都是不义之财，但晁盖等人抢走后并没有分给人民群众，也不是为日后的"农民革命"储备资金，而是七人侵吞了。就以这次抢劫生辰纲的目的而论，也并不是什么义举，用吴用力劝阮氏三兄弟入伙的话说："取此一套富贵，不义之财，大家图个一世快活。"如果不是东窗事发，这十万贯金银珠宝也确实够这七个人快活一生了。这种以不义之举抢不义之财的劫富行为又怎能配称"起义"二字？晁盖等人上梁山后，先是打败了济州团练使黄安上山"剿匪"的一千多军马，缴获的"金银段匹,赏了小喽啰"。然后是抢劫了数十人的一个商人团队,抢得了"二十余辆车子金银财物,并五十匹驴骡头口"。打了胜仗的梁山泊集团并没有将胜利果实分给农民,而是将金银钱粮全部带上梁山,"均"分给大家,供弟兄们快活享受。宋江上了山寨后,虽然对晁盖的绿林强人的抢劫路线作了一些修正,但也不是义军行为。宋江领导的几次大战,如三打祝家庄、破青州、打北京城、攻东平府,这些大规模的战争结束后,也仅只是发放点粮食、分点碎银子给人民大众。三打祝家庄被称为宋江用兵的典型战役,但为什么要打祝家庄,其理由莫名其妙。表面的原因是来投奔梁山的时迁偷杀了祝家庄报晓公鸡,又一把火烧了祝家庄,被祝家庄扣下了。实实在在的目的则是如宋江所说:"即目山寨人马数多,钱粮缺少,非是这等要去寻他,那厮倒来吹毛求疵,因而正好乘势去拿那厮。若打得此庄,倒有三五年粮食。"当然,对宋江来说,更深层的动因是他要用祝家庄人民的鲜血,染红他在水泊梁山的风采,为自己在山寨扬刀立威。所以打下祝家庄后,宋江对村民的态度是要血洗村坊,杀之而后快。小说第五十回中写道:

> 宋江与吴用商议道:"要把这祝家庄村坊洗荡了。"
> 石秀禀说起:"这钟离老人,仁德之人,指路之力,救济大恩,也有此等善心良民在内,亦不可屈坏了这等好

人。"宋江听罢，叫石秀去寻那老人来。石秀去不多时，引着那个钟离老人来到庄上，拜见宋江、吴学究。宋江取一包金帛，赏与老人，永为乡民。"不是你这个老人面上有恩，把你这个村坊尽数洗荡了，不留一家，因为你一家为善，以此饶了你这一境村坊人民。"那钟离老人，只是下拜。宋江又道："我连日在此搅扰你们百姓，今日打破了祝家庄，与你村中除害，所有各家，赐粮米一石，以表人心。"就着钟离老人为头给散。一面把祝家庄多余粮米，尽数装载上车。金银财赋，犒赏三军众将。其余牛羊骡马等物，将去山中支用。打破祝家庄，得粮五千万石。宋江大喜。

假若不是这老人曾经救过石秀，为梁山强人部队指过路，那么这数以千计、手无寸铁的无辜农民将全部惨遭宋江领导的所谓"义军"屠杀。如此残暴的部队，又算什么农民起义？和打家劫舍的山林土匪有什么区别？打下祝家庄，宋江"得粮五千万石"，为感激钟离老人的指路之德，宋江"所有各家，赐米一石，以表人心"。这表面上有一济贫的意思，然而，宋江的这点恩泽算不了什么，假若没有这位老人指路，宋江等人在祝家庄将死无葬身之地。何况这点小恩惠比起抢夺祝家庄的财富不过是九牛一毛。祝家庄是富豪，但小说中所描绘的祝家庄却没有欺压人民的罪恶，反而是三庄团结和谐，农民安居乐业。所以打下祝家庄，并不像宋江所说的是"与村中除害"。再如宋江率大队人马攻下青州后，由于事先梁山强汉解珍、解宝在城里放火，战斗结束后，宋江下令："计点在城百姓被火烧之家，给散粮米救济。"表面上看，是有那么点杀富济穷，但是稍加细读，就不难明白，宋头领的命令很清楚。只有被大火烧着的人家才散点粮米，而其他没有在大火中受灾的人民群众就不给了。打青州缴获的胜利品有多少呢？作品这样描写的："把府库金帛，仓廒米粮，装载五六百车，又得了二百余匹好马。"这些战利品自然全部搬运到梁山水浒大寨，少部分平均分给弟兄们快活，大部分则留给宋江作为日后晋见朝廷达官贵人的物资。而最广大的青州人民，他们饱受战火的灾害后，又何曾享受到"起义军"打胜仗后的半点好处？由此观之，梁山军队与人民群众的关系是，有福不能同享，有难共同承担。这样的队伍至多算个帮会组织，有辱"农民起义"这个伟大的称号。此后，宋江带领人马攻打东平府、东昌府、打北京城，同样是将大量金银财宝"尽数装上车，使人护送上梁山泊金沙滩，交割与三阮头领接递上山"。只留下少量粮食分发给因战乱受灾的群众，如此打富济贫，还不如说成是杀富之后对饱受战争灾害的人民群众的一点赔偿。作者显然是想把宋江上山后的"梁山黑社会集团"写成仁义之师，描绘成关心人民、热爱人民、帮助人民的军队。多少年来，阅读者也似乎相信叙述者的写作本意，认为梁山的强人的确是摧富益贫的群体，而很少去体味宋江攻州陷府的原因，去计算宋江的队伍抢了多少财物，分给人民群众的又是多少。如果我们认真钻研小说细节，你就会发现宋江的梁山匪军打着"替天行道"的旗帜，干的却是黑社会的勾当。

中国历代农民起义，大都发生在封建王朝的社会末期。由于阶级矛盾日趋尖锐，苛捐杂税多如牛毛，百姓"弃田流徙为闲民""四方皆以饥寒穷愁"，人民处于水深火热之中，这时他们"起为盗贼，稍稍群聚"。由于贫富两极分化严重，社会百分之九十的财富集中在百分之一的手中，而百分之九十的人民大众都成为等米下锅的穷人。贫穷的大众化，就预示着社会将要发生大动乱，而农民起义往往是在社会末期的动荡中开始的。中国的农民是最有韧性的阶层，除非实在活不下去是不会犯上作乱的，他们聚众闹事都是因贫困而迫不得已，如果尚能糊口度日，他们绝不会冒险，不会用生命作赌注。陈胜、吴广领导的农民起义，王小波、李顺率领的佃农、茶农起义，都是走投无路，活不下去才揭竿而起。北宋末年宋江领导的农民起义也是在这样的情况下发生的，但那是历史。《水浒传》里的宋江所率领的梁山大军则完全不同，梁山泊的队伍里没有穷人，他们闹事的原因不是贫寒。除少数人外，他们不是真正意义上的"逼上梁山"。他们之中的人也没有哪一个是揭不开锅的穷光蛋。相反，这一百一十人（含王伦、晁盖）中，大多数人都过着丰衣足食的生活。那些背叛朝廷投降宋江的中下级军官自不必说，像晁盖、宋江、李应、柴进、史进、卢俊义，都是家财万贯的大地主。其他在社会上混的三教九流，也都是手里有钱的能人，由这样的人组成的领导团队，怎么能够担当人民群众的救世主？这一帮嗜酒如命的人，他们只会将强抢得来的胜利果实用来"大碗喝酒，大块吃肉"，而绝不会拱手送给人民。

从领导层的社会基础分析，梁山泊集团的一百零八个头目中只有一个是农民，这个人就是在七十二地煞星中排名第三十九位的"地理星九尾龟陶宗旺"。有人认为陶宗旺不是农民，而是"建筑工匠，属手工业者"，这有点冤屈了九尾龟，因为小说在第四十回中是这样描写的："第四个好汉，姓陶，名宗旺，祖贯是光州人氏。庄家田户出身，能使一把铁锹，有的是气力，亦能使轮刀，因此人都唤作是'九尾龟'。"从作品描述判断，陶宗旺并不是建筑能手，而是有力气、懂武艺的庄稼汉。但是，陶宗旺的农民身份也无法改变梁山领导集团的组织结构，他在"水浒"的领导层中是"掌管专一筑梁山泊一应城垣"的小头头，毫无话语霸权，以他的地位而言，无法让梁山泊的黑帮势力同情受苦受难的广大农民，更不要说为人民的利益而牺牲梁山的利益。再说，陶宗旺也不是受苦受难的农民，而是农民中的较为富裕的上等阶层。由于整个领导层中几乎没有一个是纯正的农民，因而整个"水浒"的叙述主题完全是违背农民意愿的，甚至于鄙视农民。

在《水浒传》的作者看来，作为山野村夫的农民都是百无一用的草包，在作品中总是处于挨打的角色，以他们的被打来衬托"好汉"们的武功如此了得。例如第十五回写入云龙公孙胜要见晁盖，晁家庄客（即佃农）因为庄主正与吴用等人商议抢劫生辰纲一事，不让他见，公孙胜一怒之下，"把十来个庄客都打倒了"。"庄客"这个群体作为农民形象的代表，在小说中是没有出息的，他们只是庄主也就是大地主的奴仆和使唤工具，而这样的叙述在作品中比比皆是。作者不是歌颂农民，而是蔑视农民，在作者眼里，佃农都是没有文化、没有知识、没有头脑、没有思想的人群，他们在《水浒传》中没有地位，不配有名字，连"绰号"都带有侮辱性质。如第三十一回写独火星孔亮被武松痛打后，带着一帮庄客来捉拿武松，小说写道：

> 只见远远地那个吃打的汉子，换了一身衣服，手里提着一把朴刀，背引着二三十个庄客，都是有名的汉子。怎见的？正是叫作：长王三，矮李四，急三千，慢八百，笆上粪，屎里蛆，米中虫，饭内屁，鸟上刺，沙小生，木伴哥，牛筋等。

从这些"有名的汉子"名字里，我们读到是脏、乱、差，是猪狗不如。如果《水浒传》是一部赞美农民起义的小说，就应该替受尽苦难的农民群众呐喊，笔锋所指，是压迫剥削人民的地主阶级和封建皇权。然而，通读作品，丝毫没有一点同情农民的描写，反而是把人民当作嘲笑的对象。比如第四十三回写李逵回乡接母亲上山享福，作为雇农的大哥李达却报告财主，带领十来个庄客来捉拿自己的亲兄弟。表层上看，似乎是写贫苦雇农李达大公无私，但字里行间透露出来却是嘲弄李达的愚蠢无知，李达就是作者笔下一个被丑化的笑料。特别是当李达看到床铺李逵留下的五十两大银时，心理立刻发生转化，作品写道：

却说李达奔来财主家报了，领着十来个庄客，飞也似赶到家里，看时，不见了老娘，只见床上留下一锭大银子。李达见了这锭大银，心中忖道："铁牛留下银子，背娘去那里藏了？必是梁山泊有人和他来，我若赶去，倒吃他坏了性命。想他背娘必去山寨里快活。"众人不见了李逵，都没做理会处。李达却对众庄客说道："这铁牛背娘去，不知往哪条路去了，这里小路甚杂，怎地去赶他？"众庄客见李达没理会处，俄延了半晌，也各自回去了，不在话下。

这一段描写非常有意思，李达从大怒而向财主报告，等到回来见了五十锭大银时，内心世界发生突变，完全是一个见钱眼开的角色。作品中的"奔来""飞也似"等形容词的运用，足见李达对李逵之怨，恨不得立刻就抓李逵去问官。等到老娘被背走，见到兄弟留给他的五十两大银时，笔锋一转，"心中忖道：铁牛留下银子……想他背娘，必去山里快活。"别看李逵是杀人不眨眼的粗暴之人，其实他十分懂得他雇农兄长的心思。当李达见到阔别了十多年的亲弟弟时，第一句话不是叙兄弟离别之情，而是骂道："你这厮归来则甚？又来负累人！"当李逵知道亲哥要找人抓他时，心理想道："他这一去，必然报人来捉我，却是脱身不得。不如及早走罢。我大哥从来不曾见这大银，我且留下一锭五十两的大银子放在床上。大哥归来见了，必然不赶来。"果然不出李逵所料，李达一见大银子，以"这里小路甚杂"的为理由，就此放任李逵逃之夭夭。

在整部《水浒传》中，"村夫""农妇""乡下人""村人"等带有讽刺性的文字顺手拈来，这些字眼里充斥着恶意的心理，完全是对农民群众的诬蔑。梁山泊集团不代表最广大人民的根本利益，而是代表有产流氓者的利益，宋江所领导的"水浒"大军不仅没有给农民带来幸福，反而在战争中不时把人民群众作为屠杀的对象，这样一部作品，说破天也不可能是歌颂农民起义的长篇小说。

三、《水浒传》的"侠"

《说文解字》对"侠"解释是："侠，俜也，从人，夹声。"《广韵·帖韵》注释为："侠，任侠。"《韩非子·五蠹》说："儒以文乱法，侠以武犯禁。"如此看来，"侠"在古文字中有多种解释，但广义的内涵应该是见义勇为，抑强扶弱。在《说文解字》中"俜"字的解释则是："使也，从人，甹声。"《广雅·释诂二》："俜，侠也。"看来，侠与俜都有侠客、侠义的意思。

侠之大者，为国为民，以国家、民族为己任，这是广义的侠，也就是我们常说的大侠。这一类的人在《水浒传》中几乎没有，宋江虽然时时想着招安，但招安的目的并非匡扶国家于危卵，解救人民于倒悬，而是为了博取功名，封妻荫子。是拿着梁山兄弟们的性命去换那一点可怜的忠义虚名，实乃自私自利之人。宋江以降的一百零七位头目，就更没有一个能够称之为"大侠"。但是，在梁山强人之中，却有讲义气，有勇气，肯舍己助人的气概和行为之人，这就是我们通常说的侠肝义胆的英雄，这类侠义英雄在"水浒"的故事中并不多。《水浒传》中更多是侠客，侠客简单说就是有武艺、讲义气之人。这样的"侠客"在《水浒传》的梁山社会里倒是很多，这不奇怪，因为《水浒传》本来就是从侠客故事演变而来。而且，前七十回讲述的也基本上就是单个好汉的故事。问题是《水浒传》的侠者并不都是大公无私地帮助别人，他们行侠仗义的目的不明确，行侠的对象也并非普通群众，而是他们黑道上的朋友们。

"水浒"中的真正英雄侠客，鲁智深是第一人。在《水浒传》中，鲁智深是第五个出场的梁山好汉，他一出场就显示了豪气云天的英雄本色，锄强扶弱而不计得失，拔刀相助从不问后果。这是一个疾恶如仇，率性而为，敢作敢当，想喝酒就喝酒，想耍泼就耍泼，在江湖上潇洒如风，来去自如，真正是一个"路见不平一声吼"，为了正义敢拔刀的好汉。鲁智深的所作所为，确实如书中所写："禅杖打开危险路，戒刀杀尽不平人。"是人间正气的化身，是除恶务尽的代表。关于鲁智深的评价，历来众说纷纭，但总的来说，褒奖居多。我认为鲁智深是"水浒"人物中剑走偏锋的第一侠者，他出身于下级军官，职务是渭州的一个提辖，专管统辖军旅，训练士兵，相当于现在的武装部长之类的职别。由于鲁智深既有"四海之内皆兄弟"的侠骨风范，也有古道热肠的助人天性，所以，大宋朝发给他的那点银子肯定是不花的。比如救助素不相识的金家父女，出手就是十五两白银。有人做过计算，"水浒"人物所生活的北宋末年，五两银子够一个人维持三个月的生活，那么十五两银子应该不是小数，尽管有十两是地主大少爷史进捐赠的。三拳打死欺男霸女、强买强卖的奸商郑关西，实乃大快人心，为"水浒"强人们的"风风火火闯九州"打响了漂亮的第一炮。"金批水浒传"对鲁智深的评价也高，在金圣叹的"水浒"人物谱里，鲁智深也被划在"上上"之列，但与武松相比却有高下之分，甚至于比"天杀星"李逵都有所不如。且看金老先生是如何判别这三位侠客的："鲁达自然是上上人物，写得心地厚实，体格阔大。论粗鲁处，他也有些粗鲁；论精细处，他亦甚是精细。然不知何故，看来便有不及武松。想鲁达也是人中绝顶，若武松直是天神，有大段及不得。"鲁智深"人中绝顶"的评判果然十分到位，但不知金老夫子是如何阅读"水浒"的，竟然得出鲁达"有大段及不得""直是天神"的武松的结论。如果细读《水浒传》，就应该有一个基本判断，鲁智深从开始登场到最后在杭州六和寺坐化，可以说，他平生所干的每一件事，都不是为了自己，而是彻彻底底的为他人、为弱势群体。"三拳打死郑关西"为的是无依无靠的金氏父女；大闹桃花山，醉打小霸王周通，为的是解救刘太公女儿；火烧瓦罐寺，打死生铁佛崔道成和飞天夜叉丘小乙，是为佛门主持公道；大闹野猪林，为的是解救异姓兄弟林冲……鲁智深行走江湖，专做好事，不愧是当代雷锋，"出差一千里，好事一火车"。武松当然也是上上侠客，但要说是"天神"，我觉得还不够格，若是只看景阳冈打虎，也算得"神人"，但后来的杀嫂祭兄，血腥太浓，有违侠客风范。作品对这一片段是这样描绘的："说时迟，那时快，把尖刀去胸前只一剜，口里衔着刀，只手去幹开胸脯，取出心肝五脏，供养灵前。肐查一刀，便割下那妇人头来，血流满地。"虽然是为兄报仇，心情可以理解，但手段过于残忍。一个堂堂大丈夫、打虎豪杰，面对手无缚鸡之力的美丽少妇下如此重手，不是英雄所为。何况这女人还是关心过他、煮饭给他吃、汤酒与他喝的亲嫂嫂。至于后来在快活林醉打蒋门神，无非是给黑社会小头目施恩报一箭之仇而已，已经没有正义和非正义之分。也就是喝了别人的酒，使了别人的银子，给别人充当打手罢了。施恩和蒋门神在快活林的争夺战，实际上也就相当于二十世纪二三十年代上海滩为争夺地盘而进行的黑吃黑的战争。十字坡上杀人如麻、做人肉包子卖的母夜叉孙二娘都不敢从妓女身上搜刮钱财，快活林的施恩却连妓女挣的肉体钱也敢抢劫，十足的是个黑社会老大，而武松却心甘情愿地充当他的打手，其英雄的品位就要大打折扣。"血溅鸳鸯楼"一口气连杀十五人，侍女、丫鬟等下人，见面就砍，这难道不是滥杀无辜吗？武松虽然也是豪杰，但杀气太重，血腥味淹没了他的侠骨热肠。把鲁智深和武松的所作所为进行对比，谁是"水浒"中的绝顶人物，谁是真正的英雄侠客，一看便知。李逵也是金圣叹比较看好的人物，他认为："李逵是上上人物，写的是一片天真烂漫到底。看他意思，便是梁山泊中一百七人，无一个得他眼。《孟子》'富贵不能淫，贫贱不能移，威武不能屈'正是他好批语。"金圣叹对《水浒传》艺术价值的探微，确有一针见血之妙，对人物的评价也很深刻，但是对天杀星李逵的评语，本人实在不敢苟同。特别是用孟子的豪杰大丈夫的"三个不"的标准来概括李逵的人品,那简直是让人百思不得其解。李逵何许人也? 一个出身雇农而后在江州做了一名监狱警察,后来遇到宋江,十两银子就让他成为宋氏黑帮集团的忠实杀人机器。当然,黑旋风在大小战役中冲锋陷阵,赤膊上前,不怕死、不怕流血牺牲,其勇气可嘉。而且这个粗鲁汉子还心存孝心和充满了正义感,比如坚决要背母亲到梁山过幸福日子,后因母亲在沂岭被老虎所食而连杀四虎的复仇行为;又比如他忠实的帮会老大宋江每次要投降朝廷时,他总是跳出来大叫:"招安,招安,招什么鸟安?"甚至于撕毁大宋朝"皇帝诏曰"的招安诏书,揪住朝廷招安大臣拳打脚踢,砍倒梁山"替天行道"的杏黄大旗以示不满。这些行为虽然表现出他造反的天然禀性,但并不说明他就是豪迈慷慨的侠客,也达不到孟子的"三不"标准。终其一生,李逵充其量是个视人命如草芥的杀人魔鬼。大小战场,不管是官兵还是良民,无论是敌人是朋友,统统两把板斧"排头杀去"。有人在网络上评"水浒"十大恶人,李逵名列前茅,虽然有一点偏见,但也符合作品描写的实情。纵观黑旋风李逵一生,可以说是一个以杀人为乐趣的悍匪。"水浒"一百单八将,如以杀人论英雄,李逵当属第一,他不光杀伐最重,杀人最多,还以食人肉而乐不可支。活剐黄文炳的血淋淋的场面,读之便禁不住要恶心呕吐。小说第四十一回写道:

宋江便问道："那个兄弟替我下手？"只见黑旋风李逵跳起身来，说道："我与哥哥动手割这厮！我看他肥胖了，倒好烧吃。"晁盖道："说得是。"教："取把尖刀来，就讨盆炭火来，细细地割这厮，烧来下酒，与我贤弟消这怨气！"李逵拿起尖刀，看着黄文炳，笑道："你这厮在蔡九知府后堂，且会说黄道黑，拨置害人，无中生有撺掇他！今日你要快死，老爷却要你慢死！"便把尖刀先从腿上割起，拣好的就当面炭火上炙来下酒。割一块，炙一块。无片时，割了黄文炳，李逵方才把刀割开胸膛，取出心肝，把来与众头领做醒酒汤。众多好汉看割了黄文炳，都来草堂上与宋江贺喜。

就算黄文炳该死，也不至于被如此千刀万剐。黄文炳既要忍受刀刑之痛，还要看别人烧自己的肉下酒，其心灵之苦痛无可形容。但黄文炳还算得上一个英雄，在被活剐的过程中，没有一句求饶的话，比《水浒传》里那些怕死的朝廷降将强多了。而李逵在整个割人的过程中，却是带着儿戏和玩笑的心态完成的。其他好汉则像观赏喜剧表演，等待大幕落下，自己也分享快感。这种当着被吃的人食其肉，也只有天杀星李逵做得出来。又如杀了李鬼后，因没菜蔬下饭，就"拔出腰刀，便去李鬼腿上割下两块肉来，把些水洗净了，灶里扒些炭火便烧，一面烧，一面吃"。如此看来，李逵吃人肉实属家常便饭。这样的行事作风，与"侠"已经是背道而驰，又怎能列为"水浒"中的上上之人？武松杀人是为了复仇，鲁智深杀人是助人为乐，而李逵杀人纯粹是为了杀人时带来的心理快感。而且越是杀得痛快，越不分敌友，如三打祝家庄，对已经投降的扈家庄，李逵杀得性起，放火烧了扈家庄院不说，还不分敌友，老幼不论，一个不留，赶尽杀绝。作品如此描写道："只见黑旋风一身血污，腰里插着两把板斧，直到宋江面前唱个大喏，说道：'祝龙是兄弟杀的，祝彪也是兄弟砍了，扈成那厮走了，扈太公一家杀得干干净净，兄弟特来请功。'"如果说这是战争中一时难辨真假，那么和平时期的李逵又如何？为了逼迫朱仝加入梁山草寇团伙，在宋江的设计下，李逵竟然挥起板斧，将知府的一个四岁幼儿劈做两半，手段之残忍，与禽兽何异？因为要逼公孙胜再度出山，李逵先是恐吓公孙胜七十多岁的老母，后又斧劈其师父罗真人，这种行径岂是侠客所为？在四柳村，李逵杀狄小姐和情人王小二的场面更是惨不忍睹。因为"吃得饱，正没消食处，就解下半截衣裳，拿起双斧，看着两个死尸，恰似发雷的乱剁了一阵"。黑旋风杀人的理由仅仅是为了"消食"，纯粹视人命如儿戏，视生命如韭菜。两个手无寸铁、情投意合的青年男女，因为李逵吃饱了饭无事可干，为了"消食"，瞬间被"剁做十来段"，足见李逵是个杀人成性的恶劣狂徒，哪里还有一丝侠客的风度和行为。

"水浒"的侠主要体现在对待自己圈子内的黑道朋友身上。为了拯救道上的朋友，他们随时攻打大宋朝的政府机关，可以无故杀人放火，可以劫法场，可以无恶不作、坏事做绝。这种"侠"于国家、于人民有百害而无一益，不仅不能提倡，而且要坚决制止，要从重从快的严厉打击。

四、《水浒传》的"义"

"义"是贯穿"水浒"描写的主要线索，整个水泊梁山的故事就是用一个"义"字作为框架勾画出来的。有人做过统计，"义"在《水浒传》中是汉字出现频率最高的字，多达六百多次。所以"义"也是困扰"水浒"研究者们的一大难题。只要弄清楚"水浒"中"义"的概念，就可以说基本读通了这部小说。"水浒"中的"义"有多层象征内涵，面对不同的人、不同的事，在不同的环境、不同的时间、不同的语言氛围中，可以做多种解说。但总的来说，作品中的"义"更多是一种因人而异的狭隘的江湖义气。

关于"义"字，《说文解字》是这样解释的："义，己之威仪也。从我羊。"清段玉裁注为："威仪出于己，故从我。"从字的意义上说，"义"字有威仪、正义的意思。但是古人对"义"

字的解释有许多含义。第一，有正义、正当、正派之意，如《荀子·大略》云："义，理也，故行。"《淮南子·齐俗》云："为义者必予取以明之。"第二，义还有善、好的内涵，如《诗经·大雅·文王》："宣昭义问，有虞殷自天。"《毛诗传》注："义，善。"翻译成现代白话文就是：遍布善声于天下，殷商的兴亡由天定。《老子》第十九章："绝仁弃义，民复孝慈。"王弼注："仁义，人之善也。"第三，义还有利益、功用之意，如《易·乾》："利者，义之和也。"孔颖达疏："言天能利益庶物，使物各得其宜而和同也。"《左传·昭公三十一年》："是故君子动则思礼，行则思义，不为利回，不为义疚。"洪亮吉注释："按，义亦利也，古训义利通。"第四，义同时也有品德的根本、伦理的原则之意义，如《孟子·公孙丑上》："其为气也，配义与道。"赵岐注释："义为仁义，可以立德之本也。"《礼记·祭统》："夫义者所以济志也，诸德之发也。"《淮南子·齐俗》："义者，所以君臣、父子、兄弟、夫妻、朋友之际也。"第五，义字还有超出常人而有正义感行为的意思，如《史记·伯夷列传》："（周武王）东伐纣，伯夷、叔齐叩马而谏曰：'父死不葬，爰及干戈，可谓孝乎？以臣弑君，可谓仁乎？'左右欲兵之。太公曰：'此义人也。'扶而去之。"宋代洪迈在《容斋随笔》第八卷中说："至行过人曰义，义士、义侠、义姑、义夫、义妇之类是也。"第六，义字还可以作名义上、以假代真的解释，如洪迈的《容斋随笔》："自外入而非正者曰义。义父、义儿、义兄弟、义服之类是也。衣裳、器物亦然；在首曰义髻，在衣曰义襕、义领。"当然，"义"字在古代的解释还很多，以上介绍的只是常见的几种而已。那么"义"字当头的《水浒传》的"义"又作何解说呢？我认为，首先要梳理清楚的两种不同的"义"之价值观，其他的"义"的含义便迎刃而解。这两种"义"就是聚义厅的"义"和忠义堂的"义"。

聚义厅的"聚"。《说文解字》对聚的解释是："聚，会也。""聚义厅"就是把天下意气相投的强人会合、集中在一起的意思。也就是"物以类聚，人以群分"之意。同时，"聚"还有众人、集团之意。如《史记·陈涉世家》："当此时，楚兵数千人为聚者，不可胜数。"以此类推，《水浒传》的聚义厅也包含聚众起事的意思。聚义厅的"义"也就是第五种"超出常人而有正义感行为"的意思。"自古梁山多义士"，而这些义士都具有超出常人的本领，也有不同于一般人的性格，他们的行为、言谈举止、处人处事与平常人是迥然不同的。他们以江湖义气而类聚，干的都是常人既不敢想也不敢干的事。不过这个"聚义厅"在《水浒传》中却因不同的头领而具有不同的内蕴。在白衣秀士王伦时代，聚义厅也就是打家劫舍、抢人钱财的山贼集会之所。正如林冲上山前旱地忽律朱贵给他介绍水泊梁山的情况时所言："小人是王头领手下耳目。小人姓朱名贵，原是沂州沂水县人氏。山寨里教小弟在此间开酒店为名，专一探听往来客商经过。但有财帛者，便去山寨里报知。但是孤单客人到此，无财帛的放他过去；有财帛的来到这里，轻则蒙汗药麻翻，重则登时结果，将精肉为耙子（即腊肉），肥肉煎油点灯。"王伦领导的水泊梁山，干的就是开黑店、卖腌人肉、抢过往客商的钱。这个"义"也就是江湖之义，气味相投的贼人相聚之意。晁盖上山后，聚义厅有了一点变化，那就是强人更多，买卖做得更大一些。晁盖等人抢劫了不义之财"生辰纲"，因白胜叛变，不得已上梁山落草为寇。林冲见机会到来，便手刃了曾经一再苛刻自己的王伦。林冲杀王伦，表面上看，是出于大"义"，是为了梁山的事业兴旺发达，但是只有深究小说中的细节，其实林冲才是真正的小肚鸡肠之人。水泊梁山是王伦一手创立起来的匪巢根据地，虽然说不上名动江湖，但是，在黑道上名声还是很显赫的。至少王伦领导的水泊梁山自始至终，都过着钱粮无忧的打家劫舍的小康生活。由于他们只抢过往客商的钱财，不和官兵作对，官府衙门里的糊涂官僚们也多一事不如少一事，懒得上山剿杀。于是，王伦的梁山土匪和大宋政府就形成了一种互不侵犯、互不干涉、和平相处的良好局面。当然，这中间王伦是否把抢来的金银珠宝上供给大宋朝政府的公安机关？小说虽然没有描写，但官匪一家，自古皆然。想王伦虽然是落第秀才，既然占山为王，不可能不深谙此道。因此，从某种意义上说，王伦不容林冲，并不是嫉妒林冲武艺高强，也不是惧怕他曾经是京都八十万禁军教头，而是林冲惹下的弥天大祸，林冲的死对头是当朝显贵高俅。王伦深知，林冲落草梁山的消息一旦传到京城，不要多久，朝廷的剿匪大军就会浩浩荡荡开往梁山，以王伦、宋万、杜迁、朱贵，再加上林冲，五个头领和一干小喽啰怎敢和天朝大军抗衡？所以要收容林冲，非平常人所为，王伦如果不想和大奸臣作对，一心只想自由自在地过绿林强人生涯，他不接纳林冲是有一定道理的。要说王伦嫉贤妒能，似乎有些说不过去，为什么？细心的读者不应当忘记，林冲上山后，一再要求王伦收留，王伦无奈，只好要求他送上"投名状"（即杀一人）再落草。林冲为了留在山寨，只好下山杀人，这时巧遇杨志，两人大战三十回合不分胜负，最后王伦出面调解，二人一同上山。王伦对杨志与林冲的态度判若两人，他非常诚恳、十分谦逊地请杨志入伙。论武艺，杨志虽然也是一位高手，但与林冲相较还略逊一筹，但是王伦却对杨志爱不释手，原因无外乎杨志是名家贵胄之后，而且他虽是朝廷犯人，但没有杀过人，只不过是押送修万岁山的花石纲，被风打翻在黄河里。林冲则不然。所以说，王伦为了自己领导的小股土匪能够在水泊梁山安身立命，过清静无为的酒肉生活，不引来朝廷大动干戈，他不愿接受林冲是理所当然的。至于晁盖等七人，那是抢夺了梁中书送给他老岳父蔡太师的生礼物——十万贯金银珠宝玩器，犯下的也同样是滔天大罪。未上梁山就与官府的清剿部队在三阮家乡石碣村打了一仗，将何涛的军队打得落花流水，并割下他的双耳让其回济州报信。这时如果接纳晁盖等七人，天朝大军即刻就要上梁山剿匪。所以，王伦拒绝晁盖等七位强人入伙，也是理所当然的。小说是这样描述当时情景的："且说山寨里宰了两头黄牛、十个羊、五个猪，大吹大擂筵席。众头领饮酒期间，晁盖把胸中之事，从头至尾都告诉王伦等众位。王伦听罢，骇然了半晌，心内踌躇，做声不得。自己沉吟，虚应答筵宴。"王伦为什么如此心事重重？林冲上山就已经与朝廷显要结下梁子，晁盖等人再来入伙，岂不是明目张胆地向蔡太师宣战？以高俅、蔡京两大贪官的势力，要踏平梁山，几乎不费吹灰之力。王伦说到底也是个读书人，深知以上犯下、反叛朝廷乃罪恶滔天，他只想做一个抢人钱财、闲情逸致的山大王，只想当快活一世的山林隐士，做一个没有远大理想的草头王。他不想与政府作对，更不愿反叛天朝。而林冲、晁盖等人的到来，这种山林快意的生活就等于宣告结束。我们且看王伦不留林冲的推脱之词："柴大官人举荐教头来敝寨入伙，争奈小寨粮食缺少，屋宇不整，人力寡薄，恐日后误了足下，亦不好看。略有些薄礼，望乞笑留，寻个大寨安身歇马，切勿见怪。"这话里话外的意思很是明白：你是柴大官人举荐来的，不留你于柴大官人脸面上不好交代。留下你，少粮缺屋，人力太少，兵马不强，不足以和官府分庭抗礼，反而日后误了你和我们大家的性命，于山寨亦不好看。还是请你去寻找一个兵强马壮的大寨作为保护伞，千万不要见怪。对晁盖等七人的推脱之言也是如此:"感蒙众豪杰到此聚义,只恨敝山小寨是一洼之水,如何安得许多真龙。聊备些小薄礼,万望笑留。烦投大寨歇马,小可使人亲到麾下纳降。"意思和辞退林冲的一样:梁山是一洼之水,容不下你们这些敢和朝廷叫板的真龙,你们还是到势力强大的山寨落草,以免朝廷来征剿敝寨。所以说,在林冲、晁盖等人的问题上,王伦并无大错,上山来好酒好肉招待,辞退下山还要给上不菲的盘缠,并不失江湖义气。反倒是林冲,王伦在他最困难时收留了他,而他却为泄一己之愤而杀了王伦,不是真丈夫所为,而是杀主弑君的小人之举。林冲火并王伦,还有更深一层的原因是中了吴用的借刀杀人之计,这一点凡是细心的读者都会看出。吴用之所出此计谋,是因为晁盖等人上梁山后,十分看中水泊梁山的天然屏障,既然已经与当朝显贵结下冤仇,就必须找一个能与朝廷对抗的山寨安居落户,而山排巨浪、水接遥天、绝境林峦、险峰丛生的水泊梁山正是最恰当的匪巢。

林冲火并王伦后,尊晁盖为山寨之主。晁盖不费一刀一枪就实现梁山强人大头领的梦想,这对他来说,如同"天上掉下个林妹妹",好不自在快活。晁头领比王伦的眼光有所不同,执掌梁山后,改变了王伦时代只抢单身客商的做法,开始对大队客商下手,并将矛头指向朝廷的政府部门。晁头领在聚义厅发布的演讲也不同凡响,与王伦的行事作风也大相径庭。小说这样写道:

晁盖道："你等众人在此，今日林教头扶我做山寨之主，吴学究做军师，公孙胜同掌兵权，林教头等共管山寨。汝等众人，各依旧职，管领山前山后事务，守备寨栅滩头，休教有失。各人务要竭力同心，共聚大义。"再教收拾两边房屋，安顿了阮家老小，便教取出打劫得的生辰纲、金珠宝贝，并自家庄上过活的金银财帛，就当厅赏赐众小头目并众多小喽啰。当下椎牛宰马，祭祀天地神明，庆贺重新聚义。众头领饮酒至半夜方散。次日，又办宴席庆会。一连吃了数日宴席，晁盖与吴用等众头领计议：整点仓廒，修理寨栅，打造军器，枪刀弓箭，衣甲头盔，准备迎敌官军；安排大小船只，教演人兵水手，上船厮杀，好做准备，不在话下。自此梁山泊十一位头领聚义，真乃是交情浑似股肱，义气如同骨肉。

在晁盖的领导下，往昔水泊梁山与官军互不干涉的宁静的强人生活消失了，代之而起的是与宋朝政府大干一场的现实。晁盖时代的聚义厅的"义"比王伦时代的"义"更进了一层，也就是"品德的根本，伦理的原则之意义"。晁盖的行为处事与王伦确有不同，从上面的叙述中我们可以得出以下结论：晁头领所说的共聚大义之"义"，是大家团结一心，与官兵对抗。为了达到这个目的，他把打劫得来的金银珠宝"生辰纲"和自己庄上的财物平均赏赐给众多小头目和小喽啰，这一招并不是人们一眼就能看穿的所谓收买人心，而是晁盖所倡导的水泊梁山原始共产主义生活的开始。这种生活模式，就是山上任何人都不能有私心，大家凭借共同的道德标准和伦理原则，凭着哥们江湖道义，打家劫舍，抢夺官府财物，然后一同享受。就像作品中的诗歌所赞颂的："古人交谊断黄金，心若同时谊亦深。水浒请看忠义士，死生能守岁寒心。"这个忠义的"义"不是忠于朝廷之"义"，也不是忠于晁盖，而是忠于大家共同遵守的江湖哥们义气。只有同生死的患难之交，才有"守岁寒心"的立人之本。之后的日子，在晁盖的统领下，不管是抢劫商人的钱财，还是向宋朝政府发起攻击，所获得的财物，除留下部分公用外，都一律平均分给大家。自此，水泊梁山过着一种原始的乌托邦式的共产主义生活。当然，晁盖领导下的原始梁山社会绝不可能是生产力高度发达的共产主义社会，他们不需要生产，他们的一切费用都是用暴力抢劫来的，他们过的是一种原始的、消费的、乌托邦的生活模式。即：分同样的钱，喝同样的酒，吃同样的肉，穿同样的衣服的原始共产主义生活。比如他们抢到一个十多人组成的商队财物后，并不是头头脑脑们吞并掉，而是按人头平均分。小说写道：

晁盖等众头领都上到山寨聚义厅上，簸箕掌、栲栳圈（圆的形象，表示团团圆圆地围着）坐定。叫小喽啰扛抬过许多财物在厅上，一包包打开，将彩帛衣服堆在一边，行货等物堆在一边，金银宝贝堆在正面。众头领看了打劫得许多财物，心中欢喜，便叫掌库的小头目，每样取一半收贮在库，听候支用。这一半分做两份，厅上十一位头领均分一份，山上山下众人均分一份。

分财物时，大家团团圆圆地围在一起，表示所有都是平等的。分钱财时，十一个头领"均"分一份，所有水泊梁山的人"均"分一份。这个"均"字就是朴素的原始公社的分配制度。当然，"中层干部"和小喽啰分到的胜利果实是不一样的，但是等级制度并不是很森严，大家也心服口服。这种轰轰烈烈的原始公社的平均生活原则，直到宋江上山，局面才被击破。

宋江坐上梁山大哥后，做的第一件事就是将"聚义厅"改为"忠义堂"。宋江为什么要改名，小说没有作更深的说明。《金批水浒传》对宋江这一行为的批注是"此岂临时猝办之言？"金圣叹的意思，宋江的改聚义厅是蓄谋已久的阴谋，并不是临时才做出的决定。当然，金圣叹对宋江颇有偏见，他对宋江的评价不一定符合作品的客观意义，但是，他提出的这一疑问是有一定道理的。按理，宋江改聚义厅不是一件小事，这直接关系到水泊梁山的政治纲领、政治路线问题。如此大事，之前至少应该与吴用、公孙胜、林冲等人商议才是。但作品没有写，宋江也没有说明为什么要改，这从另一侧面证明了金圣叹的猜想是符合小说叙写的内在逻辑的。关于"忠"字，《说文解字》是这样注释的："忠，敬也。从心，中声。"段玉裁释为"尽心曰忠"。如果从字的意义上剖析，宋江改为"忠义堂"的用意就是今后梁山兄弟要从内心忠于梁山大义，要敬重他这个梁山老大，因为他自认为自己是梁山"义"的化身。当然这个"忠"字还有尽心竭力、忠诚无私、忠于人民之意，如《广韵·东韵》："忠，无私也。"《左传·僖公九年》："公家之利，知无不为，忠也。"《论语·学而》："为人谋而不忠乎？"同时，"忠"还有厚道之意，如《楚辞·九歌·湘君》："交不忠兮怨长。"王逸注："忠，厚也。言朋友相与不厚则长相怨恨。"《史记·高祖本纪》："太史公曰：夏之政忠，忠之敝，小人以野，故殷人承之以敬。"郑玄注曰："忠，质厚也。"此外，忠还有正直之意，如《玉篇·心部》："忠，直也。"综上所论，宋江改忠义堂的目的，就是要大家都忠于他指引的路线，都听他的号召，以他的是非为是非，以他的标准为标准。这一改用心非常阴毒，难怪金圣叹把宋江划为卑鄙无耻的"下下人"之列。

宋江是《水浒传》赞美的主角，但是这个主角直到第四十一回才上了梁山。因为是梁山强人劫法场救下的性命，再加上托塔天王晁盖又是山寨旧主，初上梁山的宋江并没有急于将他的所谓大义布道于梁山，而是争着出征打仗，在梁山建立自己的威望，同时构筑亲信网络，伺机等待。果不其然，一旦晁盖在曾头市中箭身亡，宋江便在晁盖尸骨未寒就改变了水泊梁山的"义"。晁盖死后，在吴用、公孙胜、林冲等人苦劝下，宋江假情假意的推辞一番就坐了梁山第一把交椅。当了寨主的宋江发表的第一次就职演说是这样的："小可今日权居此位，全赖众兄弟扶助，同心合意，同气相从，共为股肱，一同替天行道。如今山寨人马数多，非比往日，可请众兄弟分做六寨驻扎。聚义厅改为忠义堂。前后左右立四个旱寨，后山立两个小寨，前山三座关隘，山下一个水寨，两滩两个小寨，今日各请弟兄分头去管。"如前所述，宋江虽然没有说明为何要将"聚义厅"改为"忠义堂"的缘由，也没有阐明忠义堂之"义"是什么意思，但是他此后用行动来证明了水泊梁山的"义"已经不是晁盖时代的"义"，而是宋江的"义"，而这个"义"就是在所谓的"替天行道"的大旗下，忠于宋江、忠于皇帝之义。也许，宋江要断送梁山快意恩仇的强人生活的意图，晁盖生前已经有所察觉，否则他不会在临死前当着宋江和众弟兄留下遗嘱："若那个捉得射死我的，便叫他做梁山泊主。"这个遗嘱明显是不让宋江继承他的寨主之位，因为射死晁盖的史文恭乃武艺高强之人，宋江手无缚鸡之力，如何捉得了此人？但是这个遗嘱在宋江、吴用的策划下，不过是一句废话。宋江的忠义堂之"义"就是他后来经常挂在嘴边的："他时归顺朝廷，建功立业，官爵升迁，能使弟兄们尽生光彩。"宋江所践行的"义"，非但没有成功，反而害了他自己和梁山一干强人的生命。他所践行的"义"就是只反贪官，不反皇帝的愚忠，说穿了也就是一条曲线做官之道。

"义"字为先，是整个梁山的人生准则。除了上述的"义"外，水泊梁山所奉行的也是比较重要的"义"，就是"名义上的、以假代真的义"。这种"义"就是宋代洪迈在《容斋随笔》中所说的"自外入而非正者曰义"，也就是不同父母的异姓兄弟。如同一百二十回《水浒全传》中所总结的："其人则帝子神孙，富豪将吏，并三教九流，乃至猎户渔人，屠儿剑子，都一般儿哥弟称呼。""水浒"一八零八将来自五湖四海，所从事的职业各自不同，但却都是同生共死的异姓兄弟。他们以"结义""聚义"的方式走上梁山，真正实现了"撞破天罗归水浒，掀开地网上梁山"的大聚义。这样"八方共一域，异姓同为家"的原始共产主义社会，靠的就是"二人同心，其利断金"（《易·系辞》）的力量，无论是王伦、晁盖，还是宋江，他们之所以能够将众多强人凝聚在一起，靠的就是这样一种同生共死、义胆包天的"金兰"之义的侠骨义气。这种称兄道弟的"义结金兰"是梁山通行无阻的家庭伦理观念，更是水泊梁山兴旺发达的重要原因。有了这种共赴危难、生死相依的兄弟之情，梁山才敢于和官府较劲，而宋江也正是利用这种江湖道义，才可能把梁山人马领向招安的不归之路。

水泊梁山始终飘扬着浓厚的异姓兄弟的情谊，作品非常赞赏这种江湖行为，多次不惜笔墨，浓墨重彩地渲染。如第二回史进与陈达、朱武、杨春不打不相识最后结成"若是死时，与你们同死，活时同活"的异姓弟兄；又如鲁智深与林冲、与史进的兄弟之情；宋江与武松在柴进家分别时依依不舍的情意，最后两人在酒店喝酒时，武松有感于宋江的恩爱，就欲与宋江结为异姓兄弟。小说是这样描写的："三个人（另一人是宋江之弟宋清）饮了几杯，看看红日平西，武松便道：'天色将晚，哥哥不弃武二时，就此受武二四拜，拜为义兄。'宋江大喜，武松纳头拜了四拜。"过程虽然简单，但情感是很真切的。后来宋江到江州坐牢，又用同样的方法与李逵拜为兄弟。正是碍于这种狭隘的江湖义气，宋江主政梁山后推行他的投降方针时，武松、李逵等人虽然强烈反对，最终还是屈服了。这样的"义"在"水浒"里畅通无阻，其主要原因就是，这些强人行走江湖，游荡四方，手中没有权力，生命没有保障，需要一种团结互助、患难与共的精神力量支持，以便达到共渡难关的人生目的。所以，小说中的强人好汉，尽管性格各异，尽管萍水相逢，一经结拜，便情逾骨肉。宋江亡命江湖时，一路上只要见到江湖黑道的强人，不问出身，一概结拜为异姓兄弟，如武松、燕顺、王矮虎、郑天寿、花荣、秦明、黄信、吕方、郭盛、石勇等人。后来，宋江从山东郓城县发配江州，也与一帮江湖汉子拜为异姓哥们，如李立、李俊、童威、童猛、薛永、穆弘、穆春、张横、张顺、李逵等。这些人上梁山后，唯宋江马首是瞻，无条件地服从宋江的指挥，是宋头领后来统治水泊梁山，推行他的招安路线的干部基础。其他的义兄义弟也是情同手足，可谓"惺惺惜惺惺，好汉识好汉"，都是"不求同日生，只愿同日死"的热血男儿。如鲁智深与林冲、史进，李逵与汤隆、焦挺，武松与施恩、张青，戴宗与杨林、裴宣、孟康、邓飞，石秀与杨雄，李俊与张横，等等，都是拜把子兄弟。有了这个"义"字，这些散居的游侠才能拧做一股绳，"义"是他们人生理想的最高追求，也是他们做人的道德准则。正是有了如此豪情万丈、愿为兄弟两肋插刀的"桃园之义"，才有了"七星聚义"智取生辰纲、"白龙庙小聚义"火烧无为军、"三山聚义打青州"等精诚合作的义举。有了这异姓之"义"的作用，水泊梁山才形成了让官军闻风丧胆的浩荡势力。

《水浒传》描写的既然是一群山匪水霸，就不能用人类社会的道德标准去衡量他们的"义"，他们常常为了自己团伙的利益而不顾是非，在自己的圈子内实行的是一种"义"，圈子外实行的又是另外一种"义"。这种重人情而无立场的混乱侠义观，在"水浒"很流行，也很普遍，比如武松醉打蒋门神帮助施恩抢夺快活林这件事，就没有是非标准。蒋门神和施恩都是黑恶势力的代表，只不过施恩拜武松为义兄，帮助过武松，给他钱花，所以他醉打蒋门神在他们兄弟之间好像是正大光明的，但是把这件事放到整个社会道德标准中去衡量，两者在本质上是一样的。武松打了蒋门神后不无自夸地向众人表白："众位高邻都在这里。小人武松，自从阳谷县杀了人，配在这里……我从来只要打这天下这等不明道德的人！我若路见不平，真乃拔刀相助，我便死了也不怕！今日我本待把蒋家这厮一顿拳脚打死，就除了这一害，且看你众高邻面上，权寄下这厮一条性命。"蒋门神抢了快活林，武松就管，施恩在快活林横行霸道，武松就认为是理所应当。在梁山强人们看来，只要是自己兄弟，不管他干了什么事，错误的也是正确的，邪恶的也是正义的。这样的例子在《水浒传》很多，这种只注重异姓兄弟的情谊，不讲社会道德标准的"义"，基本上成为梁山好汉的行事准则。比如揭阳三霸：岭上岭下是李俊、李立；揭阳镇是穆弘、穆春兄弟；浔阳江边是张横、张顺兄弟。这三霸各有自己的地盘，而且干的都是杀人放火、欺行霸市的勾当。但是他们一旦成为梁山兄弟后，这些丑恶的黑帮生活反而成为他们光荣的历史。张青、孙二娘夫妻开黑店、赚黑良心钱、卖人肉包子，这些伤天害理的行为，就是因为他们是水泊梁山的头目，反倒成为理直气壮的侠义之举。这种不分正义与邪恶的"江湖义气"，已经成为梁山好汉坚强的社会观念和根深蒂固的生活意识。

　　梁山强汉之间的"义"是很浓厚，但是，有时也隐隐感到他们之间的义让人感到与银子有很大的关系。我不是有意要在梁山好汉的感情的纯洁度上掺杂金钱的因素，这也许是对他们情感的侮辱，但是小说中确有这样的描述。比如晁盖、吴用、刘唐与阮氏三雄等人之所以联合打劫不义之财"生辰纲"，不就是这"一套富贵"够他们"快活一世"吗？之前他们并不相识，只是互相闻名。正是这一套大富贵把他们紧密团结在一起，为了这一大笔不义之财而共同战斗。贫穷的阮氏三雄为什么一听晁盖之名就同意参加抢劫生辰纲，是因为晁盖是远近闻名的仗义疏财之人。果然，初次见面，晁盖就取出三十两花银相赠，这更增加了三人的信心。李逵对宋江绝对忠心耿耿，宋江喝了朝廷赐的毒酒后，怕自己死了李逵闹事，临死还要拉上义弟李逵陪葬，李逵也心甘情愿的当殉葬品。这种兄弟情谊已经是铁得不能再铁了。但是李逵为什么对宋江如此忠诚？我认为与宋江的仗义疏财是有一定因素的。宋江发配江州初遇李逵时，出手就给十两银子，感动得李逵不知如何是好。暗自寻思道："难得宋江哥哥，又不曾和我深交，便借我十两银子，果然仗义疏财，名不虚传。"李逵出手伤了卖唱的宋玉莲，宋江又给二十银子帮助解围。后来在浔阳江边喝酒，又给了李逵五十两银子作酒资。在水泊梁山，死心塌地跟随宋江的李逵肯定是第一个，这不排除宋江人格魅力的原因。但是，宋江的这种银弹外交也不能说没有一点作用。武松对宋江也是忠贞不贰之人，这同样也与宋江的银弹政策有一定关系。宋江与柴进都是闻名遐迩的仗义疏财之人，如果单从财力和在社会上的影响而言，柴进乃大周皇帝嫡系子孙，有先皇赐的丹书铁券，家底殷厚，财大气粗，小说中写他："专一结识天下好汉，救助遭配的人，是个现世的孟尝君。"而宋江不过是一个刀笔小吏，家产不过是一个小地主的规模。按理柴进应该比宋江更有号召力，但是在《水浒传》中，宋江不仅做了梁山老大，而且在强人好汉的心中远比柴进伟大，究其原因，是因为宋江比柴进更识货，也更会做人。就以武松而论，在《水浒传》著名的第二十二回《横海郡柴进留宾　景阳冈武松打虎》里，武二郎最先投身入赘的靠山就是江湖上赫赫有名的沧州横海郡柴大官人，但是武二在柴家混吃混喝一年有余，柴大官人竟然没有将其收为心腹，哪怕"义结金兰"也行，但是柴进非但没有，反而有些小觑了武松。小说中是这样写的："柴进因何不喜武松？原来武松初来投奔柴进时，也一般接纳管待。次后在庄上，但吃醉了酒，性气刚，庄客有些顾管不到处，他便要下拳打他们。因此满庄里庄客，没一个道他好。众人只是嫌他，都去柴进面前告诉他许多不是处。柴进虽然不赶他，只是相待得他慢了。"武松虽然好酒贪杯，性情刚烈，但是这样身怀绝技的豪杰，一旦卖给识货之人，那就是为了友情刀山敢上、火海敢趟的汉子，可惜柴大官人并不真正识破这样的千里马。也许柴进因为出身贵胄，自视甚高，对行走江湖的好汉只是叶公好龙，并不真心与之结义。如果这样又何必把那些杀了朝廷命官、劫了官府财物的要犯藏于家中？说起来,宋江虽然声名远播江湖,用武松的话说,宋江"便是真大丈夫,有头有尾,有始有终"。不像柴大官人,时间长了"就人无千日好,花无百日红",在他庄上时间住久了友情就变味了。这武松也太苛刻柴大官人,寄人篱下长达一年,主人好酒好肉款待,打了人家的庄客,还要天天将你待为上宾,患了疟疾还要耍横,天下哪有这个理?宋江自己也是朝不保夕,亡命江湖,惶惶如丧家之犬,急急如漏网之鱼。就算宋江未杀阎婆惜之前,又何曾见他将那些要犯、江洋大盗、江湖汉子藏于宋家庄?这武松高抬了宋江而贬低了柴大官人,柴进成了真正的冤大头。宋江的手段其实很简单,见了武松这表人物,便知是忠于义气之顶天立地的汉子,于是,不管武松得的是不是传染病,吃睡在一起,还要出钱给武松做名牌衣裳(权当是柴大官人掏腰包)。武松要去清河县找武大,宋江又是十里相送,又是酒肉送别,依依难舍之情,直感动得八尺男儿武松郎热泪盈眶,情不自禁地拜了四拜,认宋江为义兄,至此,宋江的目的完全达到。接受了武松的四拜后,"宋江叫宋清身边取出一锭十两银子(又是十两,与李逵相同),送与武松。武松那里肯受(若是柴大官人送的一定毫不客气笑纳),说道:'哥哥客中自用盘费。'宋江道:'贤弟不必多虑。你若推却,我便不认你做兄弟。'武松只得拜受了,收放缠袋里。宋江取些碎银子,还了酒钱,武松拿了哨棒,三个出酒店前来作别。武松堕泪,拜辞了自去。"这一段送别,武松一共拜了宋江三次,第一次的四拜是认为义兄，第二次的一拜是拜受十两银子，第三次是挥泪拜辞。看来武松真是动了感情。宋江的十两银子比柴大官人一年的吃喝费用所收到效益要大百倍。宋江在小说中大约有近二十次赠送银子给别人，送给二奶之母阎婆十两，送给卖唱的宋玉莲一家三口二十两，这两次可能算得上是扶贫政策。其余送给江湖中人的除武松、李逵外，在揭阳镇遇见耍枪棒卖膏药的病大虫薛永时，也送给五两，之后薛永拜宋江为义兄，分别时宋江又赠他二十两。其余都是送给押送他的公人和江州牢监里的看守。宋江如此广施恩惠，自然是别有图谋，送给卖唱的或一般市民，为的"仗义疏财，济危扶困"的虚名；送给江湖好汉，则是为日后做江湖老大铺路；送给监狱警察，是为了在大牢里自由自在的生活。宋江给别人的银子，别人毫无愧色地收下，别人送给宋江的金银，他也同样照单笑纳，比如柴进送给他的衣服银两，孔太公送给他五十两银子，穆弘送给他的一盘金银。如此看来，"水浒"世界的兄弟之"义"，也并不是崇高的除了"义"之外就没有其他因素，他们之间的感情纯洁度因为有了金银的原因，还是要打个问号的。

晁盖、宋江、柴进是梁山上最仗义疏财的典型，如果说这三个人有共同的优点的话，那就是面对江湖上一般杀人放火、抢人钱财的强人悍将，三个人都不问青红皂白，大把大把地给他们银子花，而换来的却是闻名遐迩的好名声。这"疏财"买来的"仗义"，一旦不"疏财"了又会怎么样呢？只有天知道。

第三章

《水浒传》的组织基础

一、一百单八将都是啥鸟人

金批《水浒传·序三》说:"《水浒》所叙,叙一百八人,人有其性情,人有其气质,人有其形状,人有其声口。夫以一手而画数面,则将有兄弟之形,一口而吹数声,斯不免再映也。"这是对《水浒传》塑造人物的高度评价,意思是《水浒传》写了一百零八人,而这一百零八人又各有各的性情、品质、外形和说话的声音。"文学是人学",这是文学创作亘古不变的规律,一部作品只要写好了人,其艺术价值就成功了一大半,《水浒传》在人物描写方面的确是精雕细刻,有的人物塑造甚至堪称千古绝笔。所以金圣叹在《读第五才子书法》中再一次赞美道:"《水浒传》写一百零八人性格,真是一百八样。若别一部书,任他写一千个人,也只是一样。便写得两个人,也只是一样。"金圣叹对"水浒"写人的艺术方法的肯定是非常准确的,如果按现实主义的标准来判别《水浒传》的人物形象,这一百单八将人人都是典型人物,甚至于一百零八人之外的人物绝大部分也都是性格鲜明的典型人物，如高俅、童贯、王伦、晁盖、潘金莲、王婆、西门庆、武大郎、李师师、潘巧云等等。当然，性格独特的一百零八人是组成梁山世界的重要成员，所以，要知道《水浒传》是一部什么样的书，就必须首先梳理清楚这一百零八人的来龙去脉。看看他们都是些什么角色？都干了哪些事？都怎么样干事？就大体能够了解《水浒传》是"忠义"小说？是"诲盗"小说？还是"起义"小说？

一百零八人大约来自以下几个阶层：

第一，地主阶级。宋江、宋清、卢俊义、柴进、李应、史进、扈三娘、穆弘、穆春、孔明、孔亮等人。杜兴是李应的管家，燕青是卢俊义的仆人，这两人也可以算是这一阶层的人。其中孔明、孔亮后来杀了人上白虎山落草，宋江同时还是县衙的小吏。另外，被屏除天罡地煞之外的梁山第二代掌门人晁盖也是地主阶级的杰出代表。这十一个人，除穆氏兄弟是揭阳镇一霸外，其余的都是心怀仁义、仗义疏财之人。孔亮虽然带领三十多个庄客人捆绑了武松，那是因为武二郎无理取闹打人在先。从《水浒传》的描写中不难看出，作者对地主阶级充满了真情热爱，那些大地主个个都是讲义气、讲团结、讲大局的好汉。这一点可以从作者对晁盖、宋江、卢俊义、柴进、李应等人的描写中就能觉察到。晁盖上山后，很轻松地统治了梁山，成为真正的一把手，为了巩固地主阶级的大权，又想方设法要把第二个地主宋江弄上山，迫使山村秀才吴用交出第二把交椅。晁盖被史文恭射死后，读书人吴用又位居第二，但是宋江又命令吴用把又一个大地主卢俊义"赚"上山，待吴用绞尽脑汁地把卢俊义弄上山，自己又只好屈居第三。这样一来，梁山泊的实权从始至终都牢牢掌握在地主阶级手中。在最后一次排座次时，位居天罡星的有六人，而柴进、李应排名时虽然落后于"五虎上将"，但是在具体分工时，却进入了梁山泊核心中枢，相当于梁山三军总后勤部部长的角色。而柴进此人，正如金圣叹所言："柴进无他长，只有好客一节。"其他排在地煞星中的地主，位置最差的穆春也排在第四十四位，很多功劳卓著的好汉都被他远远甩开。另外"水浒"中的地主庄园，家家都充满了诗情画意，美不胜收，仿佛是人间天堂，没有刘文彩家收税院的剥削和压迫，全是人间真情的叙述。而那些地主老爷，诸如宋太公、刘太公、孔太公、穆太公、被李逵杀死的扈太公、被李逵砍了女儿的狄太公，一个个都是乐善好施、"文质彬彬，温良恭俭让"的样子，一点也没有《白毛女》中的黄世仁或者《红色娘子军》中的南霸天的风范。这部小说所宣扬的是地主阶级的宽厚、仁爱、慈善，所描写的是地主阶级对其他阶级的绝对领导地位，而不是什么农民起义。当然，大地主中也有坏人，比如骗了解珍、解宝老虎的毛太公与其子毛仲义就是代表。总之，只有与梁山好汉作对的地主才是坏分子，因为他们是逆天而行，而其他的地主都是大善人。

第二，朝廷降将。这些人都是奉大宋朝廷之命剿杀梁山强匪的，结果一个个都反被捉拿，在宋江又是磕头、又是让位的感动下，早已把军人的天职丢在九霄云外，都成了软骨头，变节投降了。这些人上梁山后，很快就成为主要领导成员，并形成了一股较大的力量，可以左右水泊梁山的形势，是宋江招安政策的铁杆派系和支持者。宋江之所以对这些政府军官"礼贤下士"，看重的也就是他们的身份，如果一百单八将中尽是地主、强盗、流窜犯、鸡鸣狗盗之徒，就成不了气候，朝廷就不会把他们放在眼里。但是，一旦有正规军加入这个团伙中，对这支队伍进行改组训练，不仅战斗力大增，而且是日后向朝廷要价的筹码。这些人主要有秦明、黄信、呼延灼、索超、关胜、董平、张清、凌振、宣赞、郝思文、韩滔、彭玘、单延珪、魏定国、龚旺、丁得孙等十六人。这些降将虽然迫于无奈暂居水泊，但都是身在梁山、心在大宋的两面派，朝廷如果再次征用，他们便迫不及待地回到政府温暖的怀抱。从道义上说，这批降将个个都是无耻之徒，出征前对上司表忠心：不杀贼人，誓不还朝。战场上与梁山强人水火不容，一旦被俘上山，在所谓"替天行道"的谎言遮蔽下，即刻变节。并且马上以朝廷军人的身份，带领人马赚开城门，杀将回来。黄信、呼延灼、关胜、张清都是此类败将。这种行为，令人发指，哪里还有点王朝军官的品德。

第三，政府中的军人和警察。梁山泊的强人中，政府公职人员占的比例不是一个小数，除了前面说的投降变节者外，还有一部分是"逼上梁山"或自动上梁的。如林冲、鲁智深、武松、杨志、花荣、戴宗、李逵、徐宁、朱仝、雷横、杨雄、孙立、孙新、乐和、李云、蔡福、蔡庆等十七人。这些人虽然和投降派一样，都曾是吃皇粮的人员，但除徐宁、朱仝外，其他人对宋朝政府没有什么感情。林冲是被"逼"的典型，这个人始终怀念他八十万禁军教头的小康生活，为了保住这个位置，他一忍再忍，一退再退，等到退到生命的悬崖，无路可退时，便大开杀戒，义无反顾地成为现存制度的反对者。林冲对大宋朝是忍有多深就恨有多深，所以他成为江湖悍将后，对政府就只剩下仇视。徐宁是被"赚"上梁山的，因为要破呼延灼的连环马，被吴用设下骗局"赚"到水泊梁山，而他自己从内心深处是极端不情愿的。朱仝更不愿上山，他因私放雷横被刺配沧州，知府见他一表人才，又是仗义之人，不仅对他格外关照，还把四岁小儿托付与他。是宋江、吴用设下毒计，让李逵将沧州知府的四岁儿子砍死，"逼"只想做良民的朱都头上山为寇。鲁智深、武松、雷横都是县衙的都头，都是杀了人后自己跑上山来落草避难的。杨志是军官，因杀了人、丢了生辰纲上山躲避的。杨雄是蓟州两院押狱兼行刑刽子手，因其妻潘巧云与和尚裴如海勾搭成奸，他与结拜兄弟石秀杀了奸夫淫妇后投奔梁山的。戴宗是江州牢狱的两院院长，李逵是他的部下，两人是受宋江吟反诗的牵涉随宋江上山的。孙立是登州提辖，他兄弟孙新是军人，他小舅子乐和是登州监狱的小牢子，三人都是因劫狱救解珍、解宝而上梁山的。李云是李逵家乡沂水县都头，因受李逵牵连不得已而上了梁山。上山后李云郁郁不得志，仅排在第九十七位，分管的工作是修缉房舍。论武艺他和排名第二十二位的李逵斗了五七合不分胜负，但梁山老大宋江很少安他出征，李云是都头中地位最差的。蔡福、蔡庆是北京大名府监狱的刽子手，本不愿上山为匪，因受卢俊义一案牵连而上山。花荣是清风寨副知寨，为救宋江而上了梁山。这些人不但上梁山的目的不同，对招安也是态度不一。林冲、李逵、鲁智深、武松是坚决反对者，徐宁、朱仝、孙立是坚决拥护者，其他人保持中立，沉默寡言，静观其变。

第四，占山为霸的草头王。这些人来自各大山头，有的是强人土匪出身，有的是中下级军官，有的是土豪劣绅。具体说来，有梁山元老派的杜迁、宋万、朱贵；少华山的史进、朱武、陈达、杨春；桃花山的李忠、周通；二龙山的鲁智深、武松、杨志、施恩、曹正、张青、孙二娘；清风山的燕顺、王英、郑天寿；对影山的吕方、郭盛；黄门山的欧鹏、蒋敬、马麟、陶宗旺；枯树山的鲍旭；芒砀山的樊瑞、项充、李衮；饮马川的裴宣、邓飞、孟康；白虎山的孔明、孔亮；揭阳岭的李立；登云山的邹渊、邹润等人。这一个派系的人，性情各异，有的是杀人不眨眼的汉子，如武松、鲁智深、杨志；有的是开黑店卖人肉包子的老板，如施恩、孙二娘、张青、李立；有的是欺男霸女的好色之徒，如周通、王英。其余都是聚众打劫、抢夺他人钱财的强盗、赌棍、亡命之徒。这些人对招安没有太大兴趣，只热衷于江湖义气和吃喝玩乐。

第五，渔夫水霸和山中猎人。这个来路的人共有十位，分别是：石碣村打渔为生的"阮氏三雄"；扬子江上名为撑船艄公实为抢夺客人钱财的李俊；水上贩卖私盐的童威、童猛；浔阳江边的渔霸张横、张顺；登州山下的猎户解珍、解宝。这十个人中，阮氏三雄人品最佳，但阮小五、阮小七却赌博成性。不过，阮小七被金圣叹称为"上上人物"，是梁山一百零八人中"第一个快人"。解珍、解宝品格也好，无不良记录。其他人都是强人匪霸，无恶不作之人。然而，比起降将集团的人来说，这帮人在人格上要好得多。

第六，散兵游击队。这些人都是单兵作战，没有固定的根据地，独自一个人闯江湖。如刘唐、石秀、薛永、杨林、焦挺、石勇、白胜、时迁、王定六、段景住、郁保四等人。另外，在登州开酒店的顾大嫂也可归为此类。这些人或在绿林丛中安身立命，如石秀、杨林、汤隆；或者是流窜作案犯，如刘唐、石勇、焦挺；或者为鸡鸣狗盗之徒，如神偷时迁、盗马贼段景住；或以摆地摊为生、四处流浪的薛永；或以放赌为生，如青州开赌场的郁保四；职业赌徒，如白胜。这些人除刘唐、石秀受重用外，其他人在梁山基本无话语权，跟几位老大也不甚亲近，所以尽管立下赫赫战功如时迁者，名次却是倒数第二。虽然如此，金圣叹却将"鼓上蚤"时迁与"及时雨"宋江放在同一个平台上，"时迁、宋江是一流人，定考下下。"

第七，人才群体。这个系列的人大都有一技之长，有的是自愿上山的，有的是由于水泊梁山的需要而被"抢"上山的。如乡村中教一级吴用、气功大师公孙胜，这两人都是因为贪恋朝中重臣蔡太师的十万贯生辰纲而上梁山的。其他人有书法家萧让、医学专家安道全、数学家蒋敬（黄门山二当家）、火器专家凌振（降将）、军舰设计专家孟康（饮马川三当家）、金石雕刻学家金大坚、冷兵器专家汤隆（散兵游勇）、服装设计师侯健、兽医专家皇甫端等人。在这部分人中，吴用以阴谋诡计见长而位居老三，公孙胜会呼风唤雨而紧随其后。剩下的量才使用，不能重用也不能不用。

二、"水泊梁山"为什么要排座次

《水浒传》是一部写山林强人的小说，早期所贯彻的是晁盖式的原始的消费共产主义社会。梁山好汉之间是平等的、友爱的、不分贵贱、生死相依的兄弟关系。关于这一点，在第七十一回梁山泊英雄排完座次之后，有一篇"单道梁山的好处"的言语。这一段文字清脆、诗意盎然的言说，生动地描绘了水泊梁山好汉们的社会基础和社会地位。全文如下：

> 八方共域，异姓一家。天地显罡煞之精，人境合杰灵之美。千里面朝夕相见，一寸心死生可同。相貌语言，南北东西虽各别；心情肝胆，忠诚信义并无差。其人则有帝子神孙、富豪将吏，并三教九流，乃至猎户渔人、屠儿刽子，都一般儿哥弟称呼，不分贵贱；且又有同胞手足，捉对夫妻，与叔侄郎舅，以及跟随主仆，争斗冤仇，皆一样的酒筵欢乐，无问亲疏。或精灵，或粗鲁，或村朴，或风流，何尝相碍，果然识性同居；或笔舌，或刀枪，或奔驰，或偷骗，各有偏长，真是随才器使。可恨的是假文墨，没奈何着一个"圣手书生"，聊存风雅；最恼的是大头巾，幸喜得先杀却"白衣秀士"，洗尽酸悭。地方四五百里，英雄一百八人。昔时常说江湖上闻名，似古楼钟声声传播；今日始知星辰中列姓，如念珠子个个连牵。在晁盖恐托胆称王，归天及早；惟宋江肯呼群保义，把寨为头。休言啸聚山林，早愿瞻依廊庙。

这是一幅不言出身，只看结果，主张政治平等，张扬个性自由，倡导人尽其才的和谐社会图画。也是水泊梁山的最高社会理想。除了最后两句"休言啸聚山林，早愿瞻依廊庙"表达了想招安归顺大宋朝外，其他言语中透露出的都是"八方共域，异姓一家"的团结、协力、财产均分、幸福同享的原始共产主义理想。这一篇"好处"文出现在最后一次排座次之后，其用意十分明白，那就是宣告"水浒"社会制度的建立。但是，这样的平等社会在水泊梁山会一如既往地得到贯彻吗？如果是，水泊梁山为何要多次排座次？排座次的根据和目的是什么？等级贵贱是封建社会的精神枷锁，梁山好汉造反的目的就是要砸碎这个锁链，让人间世界充满了团结、互助、平等、友爱的和谐气象。然而，这么多人相聚在一起，干的又是这么错综复杂的大事，而且人人都有自己的独特个性，个个都是身怀绝技的好汉英雄，岂能放任自由地让这些强人豪杰各自为政闯天下？这样一个强悍的武装集团，总得有一个特别的制度把这长幼之序排列出来，于是，"排座次"这种很考究的组织形式就在《水浒传》中反复出现。其实，这座次一排，等级制度随之就在水泊梁山上演，只不过舞台上的演员们相对来说比较平和，几乎没有尔虞我诈、借刀杀人、瞒天过海等等诸如此类的伎俩出现。说起来，梁山最重要的组织形式——座次，虽然有点封建主义的等级味道，但各路绿林好汉总算能够接受，就算不接受也懒得向宋老大诉讼。

每一次排座次都有一定的因素，但总的说来，前几次较为简单明了，也体现了先来后到的平等作风。到第七十一回排"总座次"时，位置的先后就显得复杂了，因为全部人马都齐聚山林，更需要一个类似于国家体系的管理程序。所以，这最大也是最后一次切割蛋糕时，主要考虑的是出身、功劳、名望以及与宋头领的亲疏关系。很难想象，假若战斗成果再进一步扩大，地盘更宽广，像杀人魔鬼李逵所言："杀上东京，夺了鸟位"，建立起一个宋姓王国，那么这种侠肝义胆的兄弟关系是否会演变成统治与被统治的君臣关系？

《水浒传》前前后后一共写了八次排座次，而且每一次都有不同的内涵。其实这"座次"就是梁山泊的组织形式，有先有后，自然也就尊卑分明，就算是"异姓一家"，总得有个长幼之序。纵然时迁和宋江可以相互信任，但两人能放在一个平台上相提并论吗？回答是否定的。因为"座次"就是权力的象征，就是话语霸权。李逵这样一个天不怕、地不怕、以杀人为乐趣的狂徒，因为大叫："招安，招安！招甚鸟安！"破坏了宋江"瞻依廊庙"的大政方略，宋江要斩他时，他也只好说："哥哥剐我也不怨，杀我也不恨。除了他，天也不怕！"这不就是"君要臣死，臣不得不死"的纲常伦理。所以说排座次并不是简单地分一下先后，它的后面还暗藏了更深奥的社会意义。梁山泊为什么要多次排先后次序，不就是要在这个集团公司内部弄清谁更具有话语权威吗？看来这"座次"的魅力古今皆然，绝非今天才有。

第一次排座次是"林冲雪夜上梁山"之后。王伦是不愿意接纳林冲的，因为林冲惹下的对手是高俅，他的到来，肯定要打破初创时期的梁山泊与宋朝政府互不干涉的局面。但是，经过反复权衡，特别是朱贵、杜迁等人提出强力抗议，又观看了林冲与杨志的大比武后，王伦想留下杨志在梁山而不能，这才勉为其难地收购林冲。"王伦自此方才肯叫林冲座第四位，朱贵座第五位。从此五个好汉在梁山泊打家劫舍，不在话下。"这一次排座次，虽然简单，但也有点小插曲。五个人的先后顺序是王伦、杜迁、宋万、林冲、朱贵。不知道这个座次的依据是什么？如果按先到为尊，或功劳大小，那么林冲应在第五；如果是按能耐手段、出身尊卑，那么林冲应排在第二。作品虽然没有说明，但是从细节上还是可以解读出来。王伦的想法是降低林冲的威信，让他坐不住自己离开梁山。这一点，杨志一上山就十分明显。"左边一带四把交椅，却是王伦、杜迁、宋万、朱贵，右边一带两把交椅，上首杨志，下首林冲，都坐定了。"也就说，如果杨志当时愿意留在梁山，其座次肯定在林冲之前。而朱贵为什么排在第五，可能是因为林冲是他引导上山、又是他第一个发难要强留林冲的缘故。王伦的这一次排座次，虽然使了点小阴谋，但对山寨发展无大碍。然而正是这么一点小伎俩，才叫真正断了卿卿性命。那林冲何许人也？论出身，八十万禁军教头；论武艺，十八般武艺样样精通，三二十人近身不得。这样一个江湖上显赫有名之人，到了梁山本应让山寨蓬荜生辉，而白衣秀才王伦却让他屡次受辱，不杀之怎么除去心中块垒？如果王伦让林冲坐第二把交椅，那么林冲自然鞍前马后、肝脑涂地地追随王头领。可见其江湖险恶，文弱书生如果没有点高瞻远瞩之大阴谋，岂是赳赳武夫的对手？

第二次是在晁盖家的"七星聚义"。这一次排座次虽然不是在水泊梁山，但是这些人最后都上了梁山，而且是山上的重要人物。他们排座次的目的，是需要有一个头领统帅大家到黄泥冈抢劫十万贯生辰纲，所以还是有一定意义的。六人一致推举晁盖坐第一位，之后是吴用坐第二位，公孙胜坐第三位，刘唐坐第四位，阮小二坐第五位，阮小五坐第六位，阮小七坐七位。这次的座次充分考虑了名望、地位和武艺的高低。晁盖是江湖上声名远播的疏财仗义的好汉，具有托塔天王之美誉，又是当地的保正，理当做老大。吴用是读书人，所以名列第二；公孙胜是神权的代言人，当然排在第三；刘唐是闲汉，但武功较好，所以排在"三阮"之前。"三阮"是渔民，地位低下，就按年龄排序。这次聚义，用吴用的话说是因为"保正梦见北斗七星坠在房脊上，今日我等七人聚义举事，岂不应天垂象。此一套富贵，唾手而取"。果不其然，黄泥冈上七人尽显风采，略施小计，便从青面兽杨志手中夺得十万贯财宝，害得杨志流落江湖，最后不得不落草梁山。

第三次是晁盖等人抢劫生辰纲之事败露，宋江"担着血海般干系"报信，七人迫于无奈，上了梁山。如果晁盖等人没有抢劫蔡京的生日礼物，没有在石碣村大败官兵，王伦兴许会留下这一干人。前面说过，王伦并不想与官府对抗，也不想把梁山的强盗事业做大。所以当他知道晁盖等人所干之事后，就不准备收留他们。这一点，林冲最清楚，他在晁盖等人上山的当晚就对晁盖说："夜来因见兄长所说众位杀官兵一节，他（指王伦）便有些不然，就怀不肯相留的模样，以此请众豪杰关下安歇。"正如林冲所料，王伦找了各种借口，不肯接纳晁盖等人，林冲借机杀了王伦。山寨无主，当然得重新排座次。这时候吴用先发制人，"就血泊里拽过头把交椅来，便纳林冲坐地，叫道：'如有不服者，将王伦为例！今日扶林教头做山寨之主'。"吴用这一招欲盖弥彰的激将法，阴险至极。若林冲真的做了山寨之主，那他一生就要背上忘恩负义、弑主篡位的罪名，江湖上岂能容他？好在林冲还算头脑清醒，强行推举晁盖做头领，吴用做军师，公胜孙坐第三把交椅，自己在晁盖提议下坐了第四把交椅。以下依次是刘唐、阮小二、阮小五、阮小七、杜迁、宋万、朱贵。晁盖本想让杜迁、宋万排在刘唐之前，二人见杀了王伦，寻思道："自身本事低微，如何近的他们？不若做个人情。"就苦苦请求排在后面。这一次排座次，有一点反客为主，原水泊梁山的元老派统统排在后面，而新上山的则都排在前面。其实，杜迁、宋万又何尝不想名列前茅，只因老头领王伦被杀，自己手段又不及别人，不如明哲保身，卖个人情给晁盖，以求全身而退。这一次的座次体现了三点：第一对文化人的重视，所以吴用轻轻松松当上军师，做了老二；第二，体现了神权意志，能呼风唤雨、有鬼神不测之机的公孙胜做了老三；第三，以武艺高低论英雄，所以元老派的杜迁、宋万、朱贵乖乖坐到后面。十一位好汉座次一经排定，梁山泊自此进入晁盖时代。

第四次是宋江亡命江湖时，结识了一帮好汉，本想带他们上梁山，中途接到胞弟宋清家书，说老父病故，要他回家奔丧，宋江便修书推荐花荣等九人上山。这一次议定的座次是：前四位不变，花荣第五位，秦明第六位，刘唐第七位，黄信第八位，"三阮"之下，燕顺第十二位，依次是王矮虎、吕方、郭盛、郑天寿、石勇、杜迁、宋万、朱贵、白胜。这一回排座次有三个特点：一是大宋政府的军官都靠前，如花荣、秦明、黄信；二是武功水平是重要参考系数；三是充分考虑伦理关系，论武功，秦明胜过花荣，但花荣的妹子是秦明的妻子，所以秦明就只有排在花荣之后。白胜是晁盖的人，论武功比朱贵、宋万强，讲奉献，智取生辰纲时在白酒里撒蒙汗药立下头功，但是晁盖还是把他放在最后。可能是他经不住大宋警察的严刑逼供，出卖了抢劫生辰纲的七位朋友的缘由。这从一个侧面证明晁盖还是很讲原则，不以亲疏论座次。同时也说明白胜这种没有节气的人，在强人好汉中间是极不受欢迎的。

第五次是梁山泊好汉江州劫法场救下宋江、戴宗性命，又与宋江在江湖上新结识的许多强人顽匪火烧无为军、血染江州城后，两支队伍浩浩荡荡开上梁山。宋江正式落草梁山水泊后，晁盖便要宋江做山寨之主，理由是如果没有他冒着生命危险报信，救他们抢劫生辰纲的七人上山，就没有梁山今日的局面。宋江虽然推辞不受，但他并不认为晁盖比自己强，而是以"论年齿，兄长也大十岁"为由让晁盖坐了第一位。宋江自己坐了第二位，吴用第三位，公孙胜第四位。其余座次还没有排定，宋江便开始就急于抢夺水泊梁山的话语霸权，以老二的角色先入为主地发号施令："休分功劳高下，梁山泊一行旧头领，去左边主位上坐。新到头领到右边客位上坐。待日后出力多寡，那时另行定夺。"众人听了宋二帮主的训示，都齐声道："此言极当。"这个细节已经说明，晁盖的大帮主地位已经受到严重威胁。如果以功劳高下排座次，那么宋江新带上山的这一大帮人马于水泊梁山无寸草之功。而且在第四次排座次时晁盖已经将原来二十一人的座次排定，宋江一上山，就将晁盖排定的座次全部打乱，从组织人事上动摇晁盖的威望，用心十分阴毒。看看主客位的排队就知道宋江要达到的是什么目的。"左边一带：林冲、刘唐、阮小二、阮小五、阮小七、杜迁、宋万、朱贵、白胜；右边一带：论年甲次序，互相推让。花荣、秦明、黄信、戴宗、李逵、李俊、穆弘、张横、张顺、燕顺、吕方、郭盛、萧让、王矮虎、薛永、金大坚、穆春、李立、欧鹏、蒋敬、童威、童猛、马麟、石勇、侯健、郑天寿、陶宗旺。"按照宋江训示排出的左右两个阵营，一看就明白，宋江在向晁盖展示自己的力量。左边共九人，刘唐、"三阮"、白胜是和晁老大一起抢劫生辰纲的弟兄，自然是他的心腹，杜迁、宋万、朱贵虽然是王伦旧部，但也被晁盖收编，而林冲是亲自把晁盖扶上大头领宝座的功臣，自然也属晁盖系统。右边的人除了萧让、金大坚是晁盖为救宋江性命请上山来造假书信的外，其余二十五人全是宋江的嫡系部队。左右两边的力量如此悬殊，晁、宋二头领谁的势力更大，不言自明。这就说明宋江自上梁山之日起，就掌控了梁山的组织人事大权。在水泊梁山这样的强人社会，只要有了人，就等于有了江山，如果山寨中的大部分中层干部都听你指挥，你还会在意是头把交椅还是二把交椅？宋江常常自谦只是个"刀笔小吏"，但驭人之术还算精辟，阴谋诡计也算得上是精益求精。要讲黑社会这一行当，晁盖比宋江差得远。

第六次排座次是大寨主晁盖曾头市中箭身亡。本来老大出师未捷身先死，山寨一日无主，作为二寨主的宋江走向权力顶峰是顺理成章之事，但是老寨主临终留下遗嘱：谁捉了射死他的人，谁就做山寨之主。这是一个很明白的信号，晁盖生前已经察觉宋江架空自己的不轨阴谋，这才在告别水泊梁山的兄弟们时使出了这最后一招，阻止宋江上台。射死晁盖的史文恭有万夫不当之勇，宋江那点花拳绣腿的三脚猫功夫如何捉得了史教头？但是人一死，茶就凉，谁还把一个不会说话的死人当真。所以，善于察言观色的乡村小学教师吴用急忙拉拢公孙胜、林冲商议，立宋江为山寨之主。吴用、林冲表态道："哥哥听禀：治国一日不可无君，于家不可一日无主。今日山寨晁头领是归天去了，山中事业岂可无主？四海万里疆宇之内，皆闻哥哥大名，来日吉日良辰，请哥哥为山寨之主，诸人拱听号令。"宋江虽然用晁盖临终时的遗嘱搪塞一番，但众人又是表白、又是劝谏，不容宋江不坐第一把交椅。宋江不仅坐上了大寨主的位置，还改变了水泊梁山的既定方针，将聚义厅改为忠义堂，开始向大宋朝频繁的送出秋波。在军事上也作了大幅度调整：将自己的心腹花荣、秦明、吕方、郭盛调入忠义堂总部；再把梁山大军分左、右、前、后四支部队，左路军首领是林冲，右路军的首领是呼延灼，前路军首领是李应，后路军首领是柴进，水军首领是李俊。这样一来，六大方阵中的头领，除林冲所辖制的刘唐等人是晁盖旧系外，其余的都是宋江的人马。水军是梁山泊的第一道屏障，也是山寨看家的本钱，若以水上功夫当推张顺，若以熟悉地形和功劳而论，当推阮氏三雄，但李俊是宋江的拜把子兄弟，自然应该由他执掌水军。吴用、公孙胜依旧名列二、三把交椅，但是由于有花荣、秦明、吕方、郭盛四大金刚紧随宋江左右，这两位头领在总部忠义堂的位置形同虚设。这一次排座次，是宋江人生的重要转折点，也是水泊梁山大政方针的大转移。从此，梁山的强人大寨进入了一个以招安为最终奋斗目标的里程碑，晁盖创立的水泊梁山的原始共产主义基地则一去不复返。

第七次排座次只算得上一个花絮。北京的大富豪卢俊义被赚上梁山后，鉴于他的美男子形象和"一身好武艺"，又擒拿了射死晁盖的史文恭，宋江一再要求让出第一把交椅。吴用从中斡旋，劝说道："兄长为尊，卢员外为次，其余众兄弟，各依旧位。"宋江内心虽同意，但还是假情假意的以晁盖遗嘱为借口，并说出了他不能做老大而卢俊义可以做老大的三条理由。宋江这一段话很有意思，是一次欲盖弥彰、以退为进的小阴谋。奇文共欣赏：

非宋某多谦，有三件不如员外处。第一件，宋江身材黑矮，貌拙才疏。员外堂堂一表，凛凛一躯，有贵人之相。第二件，宋江出身小吏，犯罪在逃，感蒙众弟兄不弃，暂居尊位。员外生于富贵之家，长有豪杰之誉，虽然有些凶险，累蒙天佑。第三件，宋江文不能安帮，武又不能附众，手无缚鸡之力，身无寸箭之功。员外力敌万人，通今博古，天下谁不望风而服。尊兄有如此才德，正当为山寨之主。他时归顺朝廷，建功立业，官爵升迁，能使弟兄们尽生光彩。宋江主张已定，休得推托。

宋江不愧是"治人"之高手，他这一段将自己和卢俊义"有一好比"的单口相声，很值得玩味。表面看是贬低自己，抬高卢俊义，其实玩的乃是一箭三雕的把戏。第一，他想让卢俊义做第二把手，又怕吴用、公孙胜、林冲等人不服，就使出先退后进的计策，逼着有实力反对的头领们同意自己的观点，如果不同意，就要撂挑子。第二，宋江深知卢俊义动摇不了他的根基，但是还是要卢俊义体会一下自己在梁山地位的牢不可破。因此，宋江这一番话刚刚出口，李逵、武松、鲁智深等人就带头大闹起来，扬言宋江如果不做带头大哥就要"杀将起来，各自散火"。卢俊义一看这阵势，安敢做老大？只怕从此对宋老板更是心悦诚服。第三，用卢俊义遏制农村民小教师吴用。吴用此时在梁山的权力对宋江已构成威胁，很多头领对他军事指挥上的运筹帷幄已是佩服得五体投地，如任其发展，吴用极有可能"取而代之"。所以就得让卢俊义坐上第二把交椅，压制吴军师的锐气。读来读去，反复揣摩，宋江的这段话只有最后几句是出于真心，那就是卢俊义能使梁山在归顺朝廷时起到关键作用。宋江最大的目标是招安投降，那么卢俊义这样的名门望族之后，就是他与朝廷谈投降条款时所需要的本钱。

其实宋江要卢俊义做一把手并非难事，只需把最后一句话改为："宋江主张已定，众弟兄休得胡言，违抗者杀无赦！"此言一出，就算杀人魔王李逵想反对，也只怕是敢怒而不敢言了。

第八次也是最后一次排座次，确实让宋寨主大伤脑筋。因为这是水泊梁山最后的权力大分配，如果处理不当，就会前功尽弃，招安计划就无法实现。想来想去，最后还是把责任交给上苍，由老天来定夺梁山的尊卑长幼，这样做，谁也无话可说。于是就有了整个"水浒"戏的高潮：第七十一回《忠义堂石碣受天文　梁山泊英雄排座次》。宋江下令由公孙胜主持七昼夜的道场，目的是要祈祷上天，请求降下圣旨。果然，到第七天晚上，西北乾方天门一声巨响，一团火掉下来，"竟攒入正南地下去了。"宋江叫人掘开泥土，"那地下掘不到三尺深，只见一块石碣，正面两侧各有天书文字。"这石块上的"龙章凤篆蝌蚪之书，人皆不识"。只有一个叫何玄通的道士能借助"祖上留下一册文书"翻译这石头上的天书。于是，梁山泊的大难题就由何玄通秉承天意解决了。关于何玄通辨识天书的过程，很有些机巧，这一段描述极有意思：

> 当时何道士辩验天书，教萧让写录出来。读罢，众人看了，俱惊讶不已。宋江与众头领道："鄙猥小吏，原来上应星魁。众多弟兄，原来上应星魁，众多弟兄也都是一会之人。上天显应，合当聚义。今已数足，上苍分定位数，为大小一等天罡地煞星辰都已分定次序。众头领各守其位，各休争执，不可逆了天言。"众人皆道："天地之意，物理数定，谁敢违拗！"宋江遂取黄金五十

两酬谢何道士。

真是无巧不成书。一百零八人聚齐了,宋江要做道场,到了第七天,果然天降圣旨,但是如同蝌蚪样的天书谁也读不懂,连鬼神难测的入云龙公孙胜也概莫能外。可是偏偏就有个姓何的小道士,有祖上流传下来的一册文书能辨识天书,而这册"文书"是什么样的字典,又不曾交代。最有意义的是宋江送了这个立下奇功的何道士五十两黄金,这可不是个小数目,折合人民币怎么说也得近二十万元。所以,这个何玄通到底是秉承天意还是秉承宋头领之意,只有他自己知道。纵观这最后一次以"天"的名义排的座次,有几大特点很明显。第一,朝廷降将受到高度重视,如关胜、秦明、呼延灼、董平、张清、索超等人。花荣是自己反叛的,不属此列。因为这些人既和朝中显要有着千丝万缕的联系,也是宋江招安路线的绝对支持者和忠实执行者,所以名次必须靠前,人员必须进入核心阶层,如此才有助于宋头领招安大业的完成。第二,血统论是考虑的另一个重要因素。如果论功劳、论影响、论武艺,关胜都不应排于林冲之前,可是关胜沾了先祖关羽的余晖,是关老爷子血脉的延续,后来又成为朝廷要员蔡京门下的悍将,有这两点本钱,宋江便叫他做五虎大将之首。柴进因为是大周皇帝之后,体内藏有皇家细胞,虽然武艺平平,也排在第十一位。呼延灼的排名紧跟秦明排在八位,固然与他的连环马、双鞭绝学有关，但与其先祖大宋开国名将呼延赞也有着一定关联。第三，地主阶级受到重用。宋江、卢俊义以降，柴进、史进、穆弘，都在天罡星之中。孔明、孔亮、穆春、宋清虽然位列地煞星，但排名却都很靠前。第四，宋江的结拜兄弟都谋到好位置。如朱仝、戴宗、李逵、雷横、张横、张顺、燕顺、吕方、郭盛。第五，有一技之长者受到尊敬。如安道全、皇甫端就可以排在一丈青前面，金大坚就能够名列童威、童猛之首。这也许是宋江要表示一下自己也是尊重知识、尊重人才的原因罢。第六，元老派受到特殊照顾。杜迁、宋万、朱贵虽然排名在宋清等人之后，好在后面还有十六位垫底，算是宋江心发慈悲。第七，女英雄遭到冷落。梁山上的三位女将武功都比她们的丈夫强，但名次都在男人之后。其中原因，一是宋江需要"三从四德"遮一下脸皮；二是宋江比较忌恨女人。三个女人中扈三娘最吃亏，能和林冲大战十合而不分胜负者，天罡星中的男人都少有。如是战场上见高低，柴进、李应、史进、刘唐、雷横、石秀这些人都肯定会败在一丈青的石榴裙下。但是这个女人被宋江送给毫无本领、又是梁山第一色狼的王英做老婆，这就决定了她在梁山永无出头之日。第八，变节者、出卖朋友者、鸡鸣狗盗之徒最受歧视。因此，孙立未进入天罡星系列，在地煞星中也只谋得第三个席位。如果论武学，病尉迟绝对是梁山的一把好手，位列天罡星中的柴进、李应、朱仝、戴宗、刘唐、李逵、史进、穆弘、雷横均不是对手。特别是自己的小兄弟解珍、解宝都进入天罡星，而他却是为了解救此二人丢官离职的。更不可理喻的是孙立为宋江"三打祝家庄"立下了头功，是宋江立名扬威的关键人物，但是却落到如此下场。想来想去，可能是他为了宋江早日胜利而归，不得已潜伏祝家庄做内应，杀了自己师兄栾廷玉的原因。这栾廷玉虽然与宋江为敌，但是只要听了大破祝家庄后宋江的感叹就不难明白个中原委："只可惜杀了栾廷玉那个好汉。"言下之意，孙立领来的七个登州好汉还不如栾廷玉一人。所以这个登州兵马提辖的冤案永无平反之日。但是比起郁保四、白胜，孙立还算不错，郁、白二人出卖的是自己的老大，这一点宋老大是无法容忍的，这两个人只能到最后一排去旁听梁山的大政方针而没有发言权。但是在这两个变节分子的使用上有点怪，白胜当了个特务头子，郁保四在总部扛宋江的"帅"字旗。时迁、段景住必须名落孙山，这两个虽然没有变节行为，但一个是偷鸡摸狗的角色，另一个是盗马贼的勾当。如果讲武艺，时迁飞檐走壁的水平，梁山无人能比；讲贡献，"智盗雁翎甲"，赚徐宁上山破呼延灼的连环马；"火烧翠云楼"，为攻打北京城、救出卢俊义立下头功。但是排名却是倒数第二。而于梁山无寸箭之功，从未出征作战的宋清，在七十二位"地煞星"中公然名列第四十位，个中原因，除了是宋老大同父同母之兄弟外，很难找出第二条理由。因此，水泊梁山最终的座次排名，上不达天意，下不通民情，中间不符合水泊梁山的实情，这其中实在是名堂多多，匪夷所思！

三、水泊梁山的军事组织

组织人事上的"座次"排完了，虽然不是皆大欢喜，但人人都分到一杯羹，纵有怨言，也只好哑巴吃黄连，埋藏在心底了。最后一次权力大分配的帷幕总算安全落下，宋头领悬空挂着的心可以放下了。于是，为了实现他蓄谋已久的招安计划，宋江开始对梁山泊的军事组织进行整顿，力求把一支草寇流匪改变成真正的野战部队。毋庸讳言，宋江对水泊梁山的军队整编确实付出了他的全部心血，在后来的"两赢童贯""三败高俅"的作战中大显风采，让大宋朝的政府军闻风丧胆，也使当朝皇上夜不能寐，寝食难安。也正是如此，招安之后征大辽、破田虎、攻王庆才所向披靡。但是打方腊时，一百零八位弟兄几乎命丧九泉，所剩无几。所以，就整顿部队而言，可以说成也宋江，败也宋江。假若宋江不招安，梁山一百零八位弟兄占据山高水险，只反贪官，不反皇帝，依旧吃着带有浪漫色彩的集体主义大锅饭，结局又会如何？或者揭竿而起，逐鹿中原，"杀上东京，夺了鸟位"，改变大宋河山，也不失为一种大丈夫行径。但是，以宋江的人品而论，前一种结局他不甘心，后一种选择他又缺乏才识、胆略、计谋、豪气、品格的精神支持。他整改军队的目的，主要还是想用弟兄们的鲜血染红他的乌纱帽，好让他踏着梁山汉子的尸体，走向更加险恶的仕途之道。以此而论，宋江是一个为达目的，不择手段、极端自私的人，这也是他仗义疏财的背后隐藏着的天大阴谋。

排"座次"之前，梁山的军队较为混杂，常常是骑兵、步兵、水军一起出发，整个儿是土匪流寇的模样。宋江坐稳老大位置后，按正规部队的标准改造三军，使梁山的军事组织更加完备，战斗力更加强大。

梁山泊的骑兵建制。

骑兵是水泊梁山的主力部队，共分三个等级："马军五虎将"是骑兵的最高首领，分别是关胜、林冲、秦明、呼延灼、董平。这五个头领都是大宋朝原来的将领，除林冲外，其余四人不仅是宋江的红人，而且非常热衷于招安大业。秦明、董平在讨伐方腊的战斗中为国捐躯，林冲病故。打败方腊后，关胜授大名府正兵总管，呼延灼授御前兵马指挥使，似乎比他们二人当年投降梁山泊之前的官职略高一点。第二个级别是"马军骠骑兼先锋使"，共八名：花荣、徐宁、杨志、索超、张清、朱仝、史进、穆弘。八人中，史进、穆弘与宋江一样都是大地主出身，朱仝是宋江的故乡山东郓城县的都头。其余都是原政府的军官，这八人除史进、穆弘对招安持中间立场外，剩下六人都是招安大政方针的积极拥护者。第三个级别是"马军小彪将兼远探出哨头领",共十六人:黄信、孙立、马宣赞、郝思文、韩滔、彭玘、单廷珪、魏定国、欧鹏、邓飞、燕顺、马麟、陈达、杨春、杨林、周通。这一帮骑兵的下级军官由降将和山大王组成,从排名分析,降将因为是正规骑兵出身,都在前面。而山大王都是草台班子,欧鹏、马麟是黄门山的当家头目,燕顺是清风山王矮虎的搭档,陈达、杨春是当年少华山的掌门人,杨林是拦路抢劫的流窜土匪,周通是桃花山的色鬼。这些人单兵作战,打打杀杀,恐吓一下最广大的人民群众还行,要说集团作战,还差火候。所以,把他们放在骑兵系列当领导,已经是网开一面。当然,最主要的还是这些人对招安之事不闻不问,任其自然,只要有酒喝、有肉吃、有大锭银子分,才不管是政府军系列还是梁山泊宋家军系列。这一点最让宋老大喜出望外。

步兵建制。

步兵虽然没有骑兵威风,速度也没有骑兵快,但是在短兵相接的时代,步兵也是作战的主力部队。而且,梁山泊强人最拿手的就是火战、偷袭和夜战,这正是步兵的长项,如火烧翠云楼、火烧祝家庄,都是以步兵为主。又如打曾头市时的夜间内外夹攻,主要就是李逵带领的步兵发挥了优势。所以,步兵在远征方面虽然不如骑兵,但是在梁山泊的军队中也是一股不可忽视的力量。步兵中的将领大都是闯荡江湖、打家劫舍的强人汉子,打起仗来个个都是顽强拼搏、冲锋陷阵、不顾生死的好汉。步兵一共分两个等级。一是"步军头领"共十人，分别是：鲁智深、武松、刘唐、雷横、李逵、燕青、杨雄、石秀、解珍、解宝。这十个人的职位是平级的，谁也领导不了谁，出征时，各带一支部队，但是打仗时却互相支援，不分彼此。这十大将中，鲁智深、武松、李逵都是招安的坚决反对者，这三人虽然在宋朝政府里做过小官，但他们比浪荡江湖的好汉更像江湖中人，由于他们都比较看重江湖兄弟义气，尽管态度很严厉，但是宋大哥要一意孤行，他们也不愿在行动上给宋江难堪，也就是嘴上说说而已。所以，平叛方腊结束后，鲁智深、武松都不愿做官，选择了皈依佛门，做四大皆空的佛家弟子。刘唐和燕青也对招安有不同看法，但是刘唐是晁盖的人，不敢发表议论，燕青是因为他的主子卢俊义对招安比宋老板还热心，所以只能在心埋怨，一旦战事了结，便挑了一担金银财宝隐遁山林，过着富贵自由的隐居生活。石秀和解氏兄弟也反对招安，但是他们在梁山上没有强有力的后台，人微言轻，说了也白说。特别是解家兄弟，论武艺，地煞星中比他们强得多的是，但二位猎户却位居天罡星之三十四、三十五，非常满意宋大哥的抬举之恩，就更不愿意唱反调了。步军最高军官中只有雷横、杨雄支持招安，可惜雷横在战场牺牲，杨雄在战斗中病故。宋江吃透了十大步兵统帅的心思，对每个人的性格了如指掌，所以每次行军打仗，都让他们带着重兵跟随左右，根本不用担心他们会反水。步兵的第二个等级是"步军将校"，共十七人，他们是：樊瑞、鲍旭、项充、李衮、薛永、施恩、穆春、李忠、郑天寿、宋万、杜迁、邹渊、邹润、龚旺、丁德孙、焦挺、石勇。这十七位步军二级头领，除了龚旺、丁德孙外，全是杀人越货、独霸一方的江湖草寇。樊瑞、项充、李衮是芒砀山的当家大哥；鲍旭是枯树山的大王；薛永在江湖上以卖狗皮膏药为生，此人是宋江的结拜兄弟，功夫了得，三拳就将揭阳镇上小霸王穆春打翻在地；穆春是揭阳三霸之一；施恩是快活林黑帮老大，后跟随义兄武松上二龙山做了个小头目；李忠是桃花山的一号老大；郑天寿是清风山的三当家；宋万、杜迁是梁山泊根据地的创始人；邹氏叔侄是来自登州的强人；石勇是流窜江湖的拦路抢劫犯。这些人在战场上基本上全是配角，他们之中的任何一人，没有独立打过一次胜仗，在梁山泊的作用远远不如时迁。这些人独霸山头时，都是江湖上如雷贯耳的一方诸侯，归顺梁山后，才知天外有天。所以对宋江忠心耿耿，从来都以宋江是非为是非，宋江指东决不打西。在宋江心里，这些人全是一伙有勇无谋的草头王，是宋老大最放心的一个群体。

梁山泊的水军建制。

梁山水军共分四个寨，由八个头领分别带兵把守。这八人是：李俊、张横、张顺、阮小二、阮小五、阮小七、童威、童猛。李俊为八大水将之首并不是他的水上本领比另外的七人强，也不是对梁山的贡献大，主要的原因是他是宋江的结拜兄弟，而且从穆弘、穆春、张横的手下救了宋江的性命。这八人中"阮氏三雄"是同晁盖抢生辰纲、一起上梁山的旧部，是梁山水军的创始人；"二张"是浔阳江边的兄弟渔霸，"二童"是李俊的跟班。八个头领由四个家族的亲兄弟组成，人虽然少，关系却是盘根错节。然而，也许大家出身都低微的原因，这八人统领的水军的确空前的团结。由于地理的因素，梁山泊水军几乎是百战百胜。这支由渔民水霸组合的水军，是一支英勇顽强、前赴后继、不怕流血牺牲的队伍。大小战役近百次，没一次失败。当然，这一方面得力于梁山八百里水泊深港芦苇的天然屏障，但是，客观地说，梁山的水军确实是一支百炼成钢、团结向上的队伍。尤其是在"两赢童贯""三败高俅"的大战中，出尽风头，令大宋政府军"谈水色变"。之后，在征辽国、平方腊的战争中更是大显风采。如同小说中所描写的那样，如果没有这支水上蛟龙，宋江能否打赢方腊实在很难说。对于招安路线，无论是亲近宋江的李俊、"二张"，还是阮家三兄弟，都是极端反对者，不过除阮小七外，其余七人都缄口不言。但是就在凯旋回归的路上，宋江最信任的水军大头目带领"二童"辞别而去，远渡大洋，到暹罗国过潇洒快乐的国王日子。张横病死军中，张顺、阮小二、阮小五战死沙场，阮小七被贬回石碣村。大战方腊之后，梁山水军七零八碎，可惜大宋朝的文武百官中，个个皆是蠢货，竟没有慧眼识得这支乘风破浪、扬帆万里的水上雄师！

　　骑兵、步兵、水军是水泊梁山的正规军。三军之外还有一个特殊的军事组织，即军事情报总局。这个组织的"总探声息头领"是戴宗。特务头子戴宗所统领的部下，是一支不可小视的队伍，从某种意义上说，梁山泊能否打胜仗，与他们有着直截了当的关系。这个组织有三个部门，其中"军中走报机密步军头领"有四员：乐和、时迁、段景住、白胜。这四人都有自己的特殊本领，做间谍那是最适合不过了。但是白胜有过变节行为，他最好的职务是双料间谍。"专掌三军内探事马军头领"的王英、扈三娘夫妻。王矮虎能当上骑兵情报头目那是高抬他了，此人一遇美女就会出卖情报。但是，像一丈青这样英姿飒爽、能征善战的女将用来做间谍，实在叫人百思不解，也许是她太美丽动人的原因吧！戴宗部下还有四个用酒店做幌子的情报机构，酒店和负责人是：东山酒店，孙新、顾大夫妇；西山酒店，张青、孙二娘夫妇；南山酒店，朱贵、杜兴；北山酒店，李立、王定六。四个酒店作用非同寻常，既要打探江湖上的消息，还要侦察来往客商的钱财，不但要随时向大寨通风报信，有时还要亲自动手干杀人越货的勾当。

　　宋江虽然没有多大本事，但是"军马未动，粮草先行"这样的普通常识还是略知一二，所以三军之外还设置了总后勤部，即"掌管钱粮头领"二员：小旋风柴进、扑天雕李应。柴进相当于总后勤部部长，李应是副部长。这两个人都是庄主出身，用他们管后勤也算是人尽其才。总后勤部虽然管的人不多，权力却很大，而且都是肥差，很有油水，如果想贪污点银子，做一下军火走私之类的生意也不是不可能。后勤部下设这么几个部门："考算钱粮支出纳入"处处长，神算子蒋敬；"专工监造大小战船"处处长，玉幡竿孟康；"专造一应旌旗袍袄"处处长，通臂猿侯健；三军总医院院长，神医安道全；兽医处的处长，紫髯伯皇甫端；军械处的处长，金钱豹子汤隆；炮兵处的处长，轰天雷凌振；房管处的处长，青眼虎李云；屠宰处的处长，操刀鬼曹正；火食团的团长，铁扇子宋清；酒厂的厂长，笑面虎朱富；修理厂的厂长，九尾龟陶宗旺。这些部门各司其职，是梁山政府的主要职能部门，没有他们勤奋工作，这个强盗集团就无法正常运转。

忠义堂是统帅三军的总部，"总兵都头"是宋江和卢俊义。宋江相当于三军总司令，卢俊义是副总司令。"机密军师"二员：吴用、公孙胜。吴用相当于总参谋长，公孙胜是副总参谋长。"守护中军马骁将"二员：吕方、郭盛，相当于总部骑兵警卫团团长、副团长；"守护中军步军骁将"二员：孔明、孔亮，也就是步兵警卫团团长、副团长。这四人都是宋江最信任的心腹，有他们保卫总部，宋江自然万事大吉、高枕无忧。另外，总部机要局局长，由圣手书生萧让担任；总司令部军事法院院长，由铁面孔目裴宣出任；总部军旗处处长，是险道神郁保四。

宋江把梁山军队分为三个大兵种，即骑兵总部、步兵总部、水军总部。但是他没有委任骑兵总司令、步兵总司令、水军总司令。表面上看，关胜、鲁智深、李俊是三军的大头领，但是，这三个人只是排名在前而已，他们只可以指挥自己率领的小喽啰，对整个兵种没有指挥权，也没有管辖权。意思很明白，除了总司令宋江之外，任何人都无权调动一兵一卒，包括卢俊义、吴用、公孙胜。宋江实行的管理体制是总司令部垂直领导，只有他才可以调动整个梁山的大军，而其他所有头目没有总部下达的出征任务，则一律待在山寨，不准轻举妄动。宋江这一招很是厉害，为他后来归顺大宋朝打下了"一切行动听指挥"的军事基础。宋江知道，自己虽然贵为三军统帅，是梁山军事集团的最高指挥者，但是，这毕竟是各个山头纠合起来的乌合之众，要这些人真正达到令行禁止，还需要借助江湖道义。为了达到独裁统治的目的，宋江借用上天的旨意来约束这支流寇匪军。小说中这样描写道：

梁山泊忠义堂上，号令已定，各各遵守。宋江拣了吉日良辰，焚一炉香，鸣鼓聚众，都到堂上。宋江对众道："今非昔比，我有片言。今日即是天罡地曜相会，必须对天盟誓，各无异心，死生相托，患难相扶，一同保国安民。"

众皆大喜，各人拈香已罢，一齐跪在堂上。宋江为首誓曰："宋江鄙猥小吏，无学无能，荷天地之盖载，感日月之照临，聚弟兄于梁山，结英雄于水泊，共一百八人，上符天数，下合人心。自今已后，若是各人存心不仁，削绝大义，万望天地行诛，神人共戮，万世不得人身，亿载永沉末劫。但愿共存忠义于心，同著功勋于国，替天行道，保境安民。神天鉴察，报应昭彰。"誓毕，众人同声其愿，愿生生相会，世世相逢，永无断阻。当日歃血誓盟，尽醉方散。

宋江知道，对于他的这帮强人弟兄，光靠仗义疏财是不会完全笼络住人心的，因为有的弟兄不一定爱钱，比如卢俊义、柴进、李应、史进这些本来就是仗义疏财的大户，钱对他们来说已经不是什么重要的东西，而林冲、呼延灼、杨志、朱仝、石秀、孙立等硬汉子也绝不是见钱眼开之辈。像萧让、金大坚、皇甫端、安道全等有一技之长的人，更不会因为区区几百银子就会从心里面对宋江俯首帖耳。甚至于开黑店的施恩、张青夫妇，出身于小地主的穆弘、穆春、孔明、孔亮等人，虽然说不上视钱财如粪草，但也都曾经拥有过大把大把的银子。对这样一批银子无法收买的人，就必须通过天的意志将他们团结在自己周围，于是就有了这样一个对天盟誓的庄严仪式。梁山弟兄一百零八人，各有各的个性，各有各的爱好，表面上看虽然都一般哥弟称呼，只要认真研究，实际上这一百单八将中又分为若干派系。宋江要让这样一班天不怕、地不怕、来自五湖四海的绿林好汉听自己的号令，歃血为盟就是最好的方法。古人对天的敬畏比较虔诚，认为上苍的力量无穷大，是主宰人类的神灵，所以宋江才搞了一个焚香问天的誓约。恭请上天来帮助自己完成梁山的大业，让老天来作证他们这一伙梁山弟兄一生都"各无异心，死生相托"。宋江的这一招无疑会起到关键作用，特别是他提出的那些违反盟约的惩罚，如什么"万世不得人身，亿载永沉末劫"之类的毒誓。在科学尚不发达的古代，宋江的这种对天发誓可以说十分阴险，恶毒之极。他就是要让梁山一百零八位好汉成为他向朝廷提条件的资本，好让他在仕途上一帆风顺。尽管如此，最后与他同生共死的也就是只有李逵、吴用、花荣三人而已。而那些有一技之长的安道全、皇甫端、金大坚、萧让、乐和等人，在战争尚未结束之时，就被京城的显贵们要走。其他有的归隐山林，有的漂洋过海出国，有的解甲归田，真正被政府重用的也就是那些曾经投降水泊梁山的旧军官。所以梁山泊的事业无论是起义也罢，暴动也罢，黑帮集团也罢，总之，成也宋江，败也宋江。

四、"逼上梁山"有几人

官逼民反是历代农民闹事的导火索。中国最广大的农民兄弟是最有韧性的群体，不到万不得已，是绝不会干揭竿而起这种在他们看来是逆天而行的暴动。但是，不管什么朝代、什么样的制度，一旦无视农民群众的生存疾苦，把他们逼到水深火热之中，使他们成为一穷二白的个体，让他们饱受饥寒交迫的苦难，那么，他们就会势不可当地成为推翻现存制度的无穷力量。北宋末年，阶级矛盾虽然尖锐，但还没有出现"白骨露于野，千里无鸡鸣"的悲惨境况。宋徽宗只是个日耍夜嫖、吃喝玩乐、琴棋书画的公子哥儿，并不是横征暴敛的无道暴君。《水浒传》所描写的社会环境，不仅没有"路有冻死骨"的现象，反而有点国泰民安的繁荣景象，比如首都的灯会、各大城市的杂耍、歌舞楼台的灯红酒绿、乡村酒肆的热闹场景、渔夫走卒的繁忙生活、商贾小贩的和平买卖……这一切都说明，北宋末年如同《清明上河图》所描绘的那样，是一个郎朗乾坤、昌平繁盛的世界。与之相反的是，水泊梁山的一百零八人，反而成了和谐社会的最大破坏者。尽管《水浒传》试图将这一干人写成"逼"上梁山，但是，只需略微解读，这一百零八人中又有几个是被"逼上梁山"的？算来算去，真正迫于无奈，铤而走险上山落草的也就是林冲一人，如果条件再放宽点，杨志、柴进也勉强算得上是"逼"着上山的。其他的人有的是不请自来；有的人从内心深处讨厌梁山泊，根本就不愿来而被"赚"上山；有的人是上山剿匪反被捉拿，宋江一解绳索就投入梁山怀抱的；有的人是仰慕宋江大名，千方百计投奔而来……

忍者林冲。"逼上梁山"是林冲的专用名词，金圣叹在《读第五才子书法》中是这样评价林冲的："林冲自然是上上人物，写得只是太狠，看他算得到，熬得住，把得牢，做得彻，都使人怕。这般人在世上，定做得事业来，然琢削元气也不少。"林冲忍气吞声的功夫，在梁山人物谱中是独一无二的，他的"熬"劲实属一流。他那悲怆绝伦的故事，实在是被写得"太狠"，他的理智精神令人瞠目结舌，甚至于让人感到是忍辱偷生。所以金圣叹说他"使人怕"是有一定道理的。这样的人如同鲁迅先生的名言："沉默啊，沉默，不在沉默中爆发，就在沉默中死亡。"像林冲这样的武功绝顶而又"把得牢"自己的人，一旦理性的防线被突破，那他野性的一面就如同火山喷射，力大无比，一发不可收拾。所以说，如果要讲梁山强人的革命性，林冲的彻底性是无与伦比的。

林冲当然不是神，他也是人，而且是性情中人。他与鲁智深的性格迥然不同，但却一见如故而成为生死之交，他与妻子情投意合，佳偶天成，而且经得起烈火般焚烧的真金"考验"。正是如此，妻子的天生丽质使他成为梁山好汉中最悲天悯人的故事主角。林冲当然是血性汉子，但不是如同鲁智深、武松等人性情刚烈的类型，他是要把仇恨深深掩埋在内心深处，等到心中无法装下仇恨时，出手便是惊天地、泣鬼神的大手笔。林冲的故事虽然人人耳熟能详，但是其中有些细节还是值得推敲，如林冲得知妻子被人调戏跑到出事地点后，第一反应是教训对方，"恰待下拳时，认得是本管高太尉之螟蛉之子高衙内""先自手软了"。这段叙述说明林冲并不是无原则的"忍"，而是对方势力太大，县官不如现管，当然就只好忍气吞声。富安、陆谦又设计陷害林夫人，林冲赶到出场，便"把陆虞侯家打得粉碎"，又"拿了一把解腕尖刀，径奔到樊楼前去寻陆虞侯，也不见了"。这个情节再一次说明林冲的"忍"是要看对象的，如果陆虞候还在樊楼，必然要被林冲杀伤。"误入白虎堂"也值得怀疑，林冲和鲁智深在街上行走，卖刀人三番五次追着二人叫卖，大有宝刀非林冲不卖之势。林冲买刀除鲁智深外并无人知晓，怎么第二天一早高太尉就知道了呢？如果说这些叙述还尚可理解，那后来发配沧州路上的"忍"得就简直不可理喻。董超、薛霸不过两个平常防送公人，一路折磨林冲，他能"忍"是因为他对未来抱有希望，为了日后能与娇妻团圆，共度人生。但是一路暗中保护林冲的鲁智深也很能"忍"，就有点说不过去了。当年鲁智深在酒馆与史进、李忠喝酒，一听说镇关西欺凌卖唱的金氏父女，便立即出手相救，为何自己的结义兄长被两个小防送公人百般刁难，折腾得死去活来，还迟迟躲藏幕后？直到野猪林要结果林冲性命时才出面救人，这实在与鲁智深的性格不相符。也许作者是要彰显林冲的"忍"，要突出他的苦命精神，所以细节露出破绽也顾及不暇了。总之，林冲的"忍"连读者都会在心里觉得他太窝囊，堂堂一个武功高强的大丈夫，看见妻子三番五次受辱，还置若罔闻，反而没有武大郎的反抗精神。直到火烧草料场后连杀三人，才显出英雄本色。其实，作者如此描写的真正用意，可能是要用林冲自疗伤口的行为突出高俅的恶，突出水泊梁山的暴动是被"逼"的，是万般无奈之举，是别无选择的选择。所以，林冲是真正"逼上梁山"第一人。作者用他的深仇大恨来映衬朝廷的暗无天日，他"忍"的程度越深，社会就越显得黑暗，梁山造反就越有合理性。从这个意义上理解，所谓逼上梁山的"梁山"二字的广义性还不只是单纯的一个地名，它的内涵和外延都具有宽阔的意蕴，那就是指所有造反者的聚集地之意。作品中的二龙山、桃花山、对影山等强人出没的山头，也都具有"梁山"的内在含义。但是，就算按这个思路去理解，《水浒传》中被真正逼上造反之路的也没有几个。

杨志是梁山弟兄之中的名门之后，其祖父是宋朝名将五侯杨令公。杨志上梁山实属无奈，因为他的人生理想是"指望把一身本事，边庭上一枪一刀，博个封妻荫子"。所以王伦用优厚待遇劝说他加入梁山时，他坚决推辞，原因是杨志认为落草为寇"是将父母遗体来玷污了"。但是，杨志和许多上梁山的弟兄一样，如果不上山为匪，总是时乖运蹇。失陷了花石纲后，杨志逃往他乡避难，后遇大赦，又变卖家产凑了一担钱物上首都枢密院行贿，想弄个官复原职。谁知道钱是送出去了，却被高俅一顿臭骂，以"难以委用"为由赶出殿司府。走投无路，只有将祖上留下的宝刀变卖，不想又遇泼皮牛二强买宝刀，不得已杀了牛二。发配北京大名府充军，幸遇梁中山抬举，提拔为提辖。从这里可以看出，梁中书虽然是贪官，但还算得上任人唯贤，识得杨志这等英雄。也许是他老岳父蔡京与高太尉不和，高俅反对的人，梁中书偏要重用。果不其然，梁中书把搜刮来的十万贯金银珠宝委托杨志送到首都太师府，给他老丈人祝寿。临行前交代得非常清楚，只要杨志完成这一重任，回来还要官升一级，提拔使用。可惜杨志虽遇明主，命运还是不济，偏偏晁盖、吴用等七人劫了他的生辰纲，断了他升官发财的远大理想，无路可走，巧遇流落江湖的乡党鲁智深，二人设计夺了二龙山，自此上山为寇。杨志上山虽然是迫不得已，但是若认真分析，真正逼他上山的直接原因，却是晁盖等七人打劫了生辰纲。所以要说逼上梁山，也是梁山同行"逼"的结果。杨志上梁山，增加了宋江的势力，成为最坚决的招安路线的支持者，这从"三山聚义打青州"时，杨志与宋江初次见面时的一段对话便可窥一斑。"杨志旧日经过梁山泊，多蒙山寨重义相留，为是洒家愚迷，不曾肯住。今日幸得义士壮观山寨，此是天下第一好事"。杨志的"旧日"，应该是指王伦时代与林冲相遇的那段往事。当时的杨志正踌躇满志，要到京城买官，对上山为匪当然嗤之以鼻。但是今非昔比，梁山事业已经不是王伦时代的小打小闹，而是发展壮大到可以和政府公开叫板。此时水泊梁山的大当家明明是晁盖，杨志却说宋江到了山寨，不仅壮大了山上的实力，而且是"天下第一等好事"。这就说明在杨志心里，晁盖就不是梁山的第一核心，他对当年"智取生辰纲"还耿耿于怀。杨志虽然憎恨高俅，但他同样对晁盖等人有想法，因为最后逼他上山落草的就是晁盖等七人。杨志上了梁山后，没有立下什么显著功劳，朝廷招安，他可能是最兴奋的其中之一，可是好景不长，征方腊时病死途中，没有实现他"封妻荫子"的宏伟目标。

柴进——"水浒"世界的孟尝君。若论血统，梁山一百零八人中，柴进最高贵，是大周皇帝嫡系子孙。因为祖宗陈桥让位有功，赵匡胤赐有丹书铁券，良田千亩，世袭沧州横海郡，所以他有经济条件仗义疏财，更有政治条件专一结识天下英雄好汉，特别是那些判了重罪流放异乡的犯人。所以在"水浒"世界里，他的名字特别嘹亮，比宋江、晁盖来头都大。但是柴进虽然门招天下客，却不愿意上山做强人。这也不能怪他，好好的富豪生活不过，凭什么要上山为匪。然而你只要和梁山有缘，你就必定要走上造反有理的道路，柴进这样的名流更是不能例外。不过，柴进上山多少还是有点"逼"的成分，而且和高俅的家族有着莫大原因。高唐州的知府高廉是高俅的堂兄弟，高廉的小舅子殷天锡要强行霸占柴进的叔叔柴皇城的花园别墅，并将柴皇城殴打一顿，柴皇城气急交加，一卧不起，服药无效，命赴黄泉。柴家就此与高家结下梁子，柴进到高唐州与高家打官司，并带上天生以杀人为乐的李逵，这黑旋风一看殷天锡仗势欺人的模样，他才不管你是不是高太尉家亲戚，三拳两脚便将殷天锡弄死了。李逵惹下大祸，只好逃回大本营梁山泊，柴进遭受一番毒打，关进了死牢。柴进于梁山大寨有大恩，梁山的好汉中受过他恩惠的至少有宋江、林冲、武松、石勇及创始人王伦，还有元老派杜迁、宋万等人。所以，这件事梁山泊当然不会坐视不管，于是宋江便点起军马杀奔高唐州而来，将柴大官人救回山寨。所以，从作品的故事情节分析，柴进上山确实与官府的相"逼"有重要关系。

　　柴进在江湖上人气很旺，小旋风的招牌是"水浒"世界的名特产品。他十分关心犯罪分子，对这些危害国家的人群有着特殊爱好，这类人一到他的庄园便立刻恢复自由。尤其是罪犯中有真本领的更是待为上宾，每天好酒好肉侍候，走时还要重金相送。柴进为什么会这样做，难道他真只是像孟尝君一样食客三千而无其他政治目的？凡是大宋朝廷要惩治的人，柴进都要以礼相待，交为朋友。他的做法明显是与政府对着干，而且是明目张胆，这不能不引起朝廷高层的注意。柴进是柴氏一宗有所为的人，柴家虽然世受皇恩，但不能说从内心深处就对赵氏家族心悦诚服，赵匡胤演出的"陈桥兵变"，怎么说也是柴家永远的心病，说不定当年柴家先祖临死时还留下什么"伺机复国"之类的遗嘱。果真如此，柴进的"门招天下客"就不能作为古道热肠来解读，更不能说是力图与黑三郎宋江争夺江湖老大。从小说的描述分析，柴进对江湖大哥的位置不以为然，他的鸿鹄之志岂是燕雀之辈可比？只要认真分析其叔叔柴皇城临死前对他说的一番语重心长的话，就大体知道一二：

> 柴进入到里面卧榻前，只见皇城阁着两眼泪，对柴进说道："贤侄志气轩昂，不辱祖宗。我今日被殷天锡殴死，你可看骨肉之面，亲赍书往京师拦驾告状，与我报仇。九泉之下，也感贤侄亲意。保重，保重！再不多嘱！"言罢，便放了命。

表面上看，这只是临死前的简单遗言，但是细细体会，这段话却是暗藏玄机的政治交代。贤侄"志气轩昂"，那就是目光远大，有包揽宇宙之心，有复国雪耻之志。"不辱祖宗"当然是没有忘记先祖的重托，时刻想着复兴祖宗的大业。柴皇城的意思已昭然若揭，那就是我不行了，柴家的重任只有靠你了。所谓"与我报仇"实际上就是要柴进与整个柴姓家族复仇之意。"感贤侄亲意"的意思就是只要你光复柴家大业，我在九泉之下也会感受到你的亲情。"保重，保重！再不多嘱！"更是弦外有音，就是你要多多保重，时刻想着祖先的大业，我不多说了。

这样来解读，我觉得更符合文本的意义。因为柴家不是一般的人家，柴家的事业不是一般的事业，因而柴家的遗嘱也不可能是一般的遗嘱。这可以从小说中多次提到柴进是大周世宗皇帝子孙的描述中得到佐证。柴进上梁山后，对招安路线持反对态度，但宋江在梁山的势力太大，加上大批的朝廷降将十分渴望重回政府怀抱，所以柴进在语言上没有任何表示。但是平叛方腊后，虽然封了"横海军沧州都统制"的官，最后还是"纳还官诰，求闲为民"。说明他对朝廷并不抱多少希望。上了梁山，柴进排位第十，仅仅高于中小地主李应，没有军政大权。审时度势，觉得复国已经无望，但是复国的决心并非已经荡然无存。他陪宋江元宵节到首都看灯会时，还乔装打扮，混进宫中，到大宋皇帝的御书房睿思殿走了一遭，将宋徽宗警戒自己的"山东宋江"四个字刮去。这个细节足以说明柴进的内心深处，时时刻刻不忘皇城里九五之尊的宝座，就算夺不回来，也要进去看看是啥模样。这个小旋风的使命太过于沉重，虽然他占有天时地利，但失去了人和。这"天时地利"，就是北宋末年国家积贫积弱，外有金人觊觎，内有方腊、宋江捣蛋，朝中还有四大奸臣搞鬼，如果他以大周后裔振臂一呼，或许也有大批如李逵之流的跟随者，说不定也有改变国家颜色的可能。可是他失去了"人和"，失去对人的真正驾驭。虽然他在这方面花了大工夫，但常常是高高在上、以大周皇孙的身份赏赐点金银与别人，没有与这些人处成生死兄弟。江湖上受恩于他的人虽然不少，但真正把这百来斤生命交给他的并不多，更不要说为他去赴汤蹈火、肝脑涂地。以梁山而论，虽然他帮助过很多人，但成为他心腹的却无一人。武松、宋江、石勇、林冲都没有把他看成是真正的结义兄弟，而只是把他当作比较好的朋友。没有人听号令，柴进的复国计划就只有泡汤。

小旋风真正是"有心复国，无力回天"。

第四章

《水浒传》的战术

一、火　攻

《水浒传》是一部描写绿林豪杰攻州陷府、抢夺钱财的小说。每个人物上山之前虽然是个体行为，但是上了梁山之后，都是集体行动。然而，《水浒传》毕竟不是如《三国演义》那样是国家之间的军事战争，其战术计谋当然不能与之相比。如果说《三国演义》是大场面、大规模、大人物的斗智斗勇，那么《水浒传》也就是局部战争的小打小闹。所以，火攻就成为水泊梁山屡试不败的战术案例。当然，一百回本的征辽国、平方腊和一百二十回本的打王庆、收田虎等战争场面确实上档次、上规模，但是由于没有历史真实性的支持，完全是作者虚构而成，其艺术描写就显得不够细腻。尤其《水浒传》是多人创作的结果，因而有些大的战争场面往往前后的叙述是互相矛盾的，读来反而没有"智取生辰纲""三打祝家庄""三山聚义打青州""火烧翠云楼"等战例真实、动人。

《水浒传》第一次描写火攻是第二回"史大郎夜走华阴县

鲁提辖拳打镇关西》"。作品写九纹龙史进与少华山三位山大王朱武、杨春、陈达三人不打不相识，英雄惜英雄，后来三人在中秋节时于史家庄园喝酒，官府派兵捉拿，史进一边命令庄客"把庄后草房点着"，自己"就中堂又放起火来，大开了庄门，呐喊声，杀将出来"。史时将自己庄园点火燃烧，与朱武、杨春、陈达并众多小喽啰，趁火凶猛，冲杀出来，杀了告密者李吉和两个都头，把官兵冲得七零八落。这一次火攻是以牺牲全部家产为代价，乱中取胜，虽然打败了官兵，但是史进从此也就成为浪迹江湖的侠客了。《水浒传》类似的火战很多，比晁盖打劫"生辰纲"之事败露后，朱仝领兵到晁盖庄园来抓捕，"晁盖叫庄客四下里只顾放火，他和公孙胜引了数十个去的庄客，呐喊着，挺起朴刀，从后门杀将出来。"史进和晁盖采用的都是自焚庄园、乱中求生的同一种方法，这种计谋只宜在月黑风高的夜晚才可以实施。如果是白天，反而会自我暴露，弄巧成拙。由于《水浒传》描写的主角都是剪径行盗，或抱打不平的绿林汉子，因此火攻就是他们最拿手的攻击方式，也是他们毁尸灭迹的惯用手段。比如"鲁智深火烧瓦罐寺"，鲁智深、史进两人将崔道成、丘小乙杀死，抢了他们的金银，酒足饭饱后，几把火就将寺院烧得浓烟滚滚，烈焰腾腾。再如"火烧草料场"，原本是陆虞候、富安、差拨三人设计将林冲烧死，只是林冲恰巧不在草料场而在山神庙，才躲过性命之忧，反将三人杀死。"风雪山神庙"是《水浒传》中的经典细节，被选入高中课文，但是也有一处败笔，就是如此漫天大雪，那露天草场的大火是怎样烧起来的？

《水浒传》在第十九回也写一个火攻的战术例子。济州府观察何涛和捕盗巡检带领五百官兵人马到石碣村去缉拿抢劫生辰纲的晁盖、吴用、公孙胜、刘唐、"阮氏三雄"等七人，何涛因为路况不熟，被阮小二、阮小五、阮小七引诱到水深路狭的水港里抓住并捆绑了。那五百多官兵不敢进入深水区，只好把船停泊岸边，不想一阵大风之后，有一小队着了火的船队，乘着顺风冲撞过来。小说如此写道：

> 那四五十只官船，屯塞在一块，港汊又狭，又没回避处。那头等大船也有十数只，却被他火船推来，钻在大船队里一烧。水底下原来又有人扶助着船烧将来，烧得大船上官兵都跳上岸来逃命奔走。不想四边尽是芦苇野港，又没旱路，只见岸上芦苇又刮刮杂杂也烧将起来，那捕盗官兵两头没处走。风又紧，火又猛，众官兵只得钻去，都奔烂泥里立地。

这次火攻有抄袭《三国演义》"火烧赤壁"的嫌疑，只不过"三国"里有诸葛亮借东风的妙趣，而"水浒"中则有入云龙呼风的神奇。晁盖等七人因占有天时地利，利用熟悉的战争环境，借助公孙胜请来的神风，将一队点着火的船队撞入官船，将五百多官兵逼入绝境，然后从容不迫地杀之，使整个战争场面充满了传奇的神秘氛围。

火烧江州城。宋江因题反诗被江州通判黄文炳识破，判处死刑，后梁山强人劫了法场，宋江为报仇雪恨，又亲自出谋划策，率领众好汉杀入城中，先是烧了黄文炳邻居家的菜园，然后借故撞开黄家大门，冲进去将黄文炳一家四十五口人全部斩尽杀绝。最后，"便就黄文炳家里，前后点着，乱杂杂火起。"那火势乘着风力，千团火块，红焰飞天，将黄文炳家烧得一干二净。正在江州府衙门议事的黄文炳得知家中起火，急急忙忙乘官船回家，又被在江上守株待兔的张顺活捉。宋江使用的火攻先是用移花接木之计，将黄文炳邻居家的菜园点着，借口冲进黄家，杀人泄愤，抢夺钱财。将黄家"积攒下的许多家私金银，收拾俱尽。大哨一声，众多好汉都扛了箱笼家财，却奔上城来"。趁火势乱中逃走。然后，再用此火引蛇出洞，将仇人黄文炳生擒。这一计谋并不高明，因为梁山强人刚刚从刑场抢走了宋江、戴宗等人，以黄文炳的精明难道不知道是仇人宋江所为？既然知道，就不应该自投罗网。而且宋江等梁山悍匪行事太歹毒，纵然黄文炳与"及时雨"宋公明有千般仇恨，那黄家四十五口老幼男女也罪不至死，而众好汉却一齐动手，对这一家手无寸铁的良民，"见一个，杀一个，见两个杀一双，把黄文炳一门内外大小四五口尽皆杀了，不留一人。"残忍之极，罄竹难书。

杀人放火，对梁山泊的强人来说，是家常便饭。他们走到哪里，就抢到哪里，就烧到哪里。如"拼命三郎火烧祝家庄"，就是较为典型的案例。杨林、石秀、时迁投奔梁山路过祝家庄，因时迁偷店家报晓公鸡杀了吃，主客发生争吵，杨林、石秀、时迁将祝家庄守店的二十多个大汉打翻，石秀"便去灶前寻了把草，灶里点个火，往里面四下烨火。看那草房被风一搧，刮刮杂杂火起来，那火顷刻间天也似般大"。石秀放火的目的有二，一是气愤不过干脆一把火烧了酒店，二是借火势趁机逃跑。但是，祝家庄壁垒森严，防范能力很强，时迁还是被抓走。这就为宋江三攻打祝家庄找到了借口。

"时迁火烧翠云楼"是《水浒传》中较为出色的火攻战役。梁山泊为救卢俊义和石秀，决定在元宵节北京大张灯火的机会发起攻击，主要是用火攻。吴用事先命令时迁混入城中，在元宵节那天的一更时刻，于北京繁华之地的翠云楼放火。然后派遣公孙胜、柴进、鲁智深、武松、张顺、刘唐、杨林、李应、史进、戴宗、解珍、解宝、王英、扈三娘、孙新、顾大嫂、孔明、孔亮、乐和等若干强人潜伏入城，将各个关键地段牢牢控制住。尔后，吴用指挥八路军马杀向四城门。此时，"时迁就在翠云楼上点着硫黄焰硝，放一把火来。那火烈焰冲天，火光夺月，十分浩大。"先期入城的强人们看见翠云楼着火，便四处放火，整个北京城处于一片火海之中。此时，事先伪装成牢子潜入监狱的柴进、乐和救出卢俊义和石秀。攻入城中的八路军马和原来已经进城的各路强汉混合在一起，血洗北京城，烧杀抢掠，无恶不作。这次战斗用的是典型的趁火打劫的战术，利用火攻把场面搅混乱，使守城军马措手不及，顾此失彼。然后，攻城军队按事先部署轻松杀入城里，在混乱中夺取胜利。

火攻是古代战争常用的方法，但是如果用得不对，常常会自食其果。《水浒传》中的凌州之战，梁山泊以关胜、林冲等人为主帅，大宋朝廷的军官主帅中"圣水将军"单廷珪和"神火将军"魏定国，这两人一人善于用水，一人善于用火。魏定国的武艺远远不如关胜，但是此人善用火。在战场上关胜与魏定国战了不到十个回合，魏定国就不力逃回本阵，关胜待要追赶，已经投降的单廷珪大叫"将军不可去赶！"关胜连忙勒住战马，魏定国的火攻便出现了。小说写道：

> 说犹未了，凌州阵内早飞出五百火兵，身穿绛衣，手执火器，前后拥出有五十辆火车，车上都装满芦苇引火之物。军人背上各拴铁葫芦一个。内藏硫黄焰硝，五色烟火，一起点着，飞抢出来。人近人倒，马遇马伤。关胜军兵四散奔走，退四十余里扎住。

魏定国收回军马回城，看见本州烘烘火起，烈烈生烟。原来是黑旋风李逵与同焦挺、鲍旭，带领枯树山人马，都去凌州背后，打破北门，杀入城中，放起火来，劫掳仓库钱粮。魏定国知了，不敢入城，慌速回军。被关胜随后追杀，首尾不能相顾。凌州已失，魏定国只得退走，奔中陵县屯住。

这次战役是善于用火阵的魏定国打败梁山五虎上将之首的关胜，但魏定国却万万没有想到，一向杀人放火的李逵却从背后偷袭，放了一把大火，烧毁整个凌州城，断了自己的退路。闻名遐迩的神火将军败在火中，真是成亦火、败亦火，不可思议。可见火的威力之大，在战场上往往会起到出其不意的重要作用。

"两赢童贯""三败高俅"是水泊梁山与大宋政府军队的两次较量。这两次战役的最高指挥官都是当朝大臣，然而，都被梁山的强人军事集团打败了。这说明梁山的军事实力已经足以和朝廷抗衡。当然，两次大战胜利的最主要原因是天朝军队劳师远征，人困马乏，而梁山却固守天险，积蓄力量。两相比较，梁山必胜无疑。在三败高俅的战斗中，梁山两次利用火攻，特别是第一次"刘唐放火烧战船"，把高俅精心打造的连环船队烧成一堆灰烬，将高俅的部队烧得丢盔弃甲，狼狈逃窜。最后连高俅也成了俘虏，被捉上梁山。

二、水　战

　　梁山泊凭据八百里水泊，在水上战斗中攻守自如，游刃有余。特别是梁山拥有一支攻无不克、战必胜利的水军，更是令大宋朝军队闻风丧胆。水战是梁山的长项，而且在大小数百次交锋中，梁山水军从未打过败仗，均是以胜利者的身份结束战斗。即使在征方腊的战争中，对习惯于水战的方家军，梁山水师照样雄风依旧，多次击败了方家水军，为最后赢得胜利建下奇功。

　　"阮氏三杰"战何涛。这是梁山水军的第一次战斗，阮小二、阮小五、阮小七三兄弟密切配合，利用有利地形，采用水上游击战，或虚或实，忽隐忽现，将到石碣村剿匪的何观察诱而捕之。然后，再用火攻，将朝廷官兵击溃。这次胜利是因为天时、地利、人和都在梁山一边。所谓天时，是指政府与人民群众的关系如同水火，人民不支持，所以何涛的队伍找不到路问当地老百姓时，得到的回答是："小人们虽然是在此居住，也不知道这里有许多去处。"这个回答有两种可能，一是这些人与阮家兄弟亲近，不愿透露他们的消息；二是虽然知道路，但是就是不愿意告知官兵。地利是指石碣村湖泊紧靠着梁山水泊，全是茫茫荡荡的芦苇水港，何涛带领五百多官军进入村庄后，由于没有向导，如同瞎子摸鱼，进退无门。人和是指老百姓恨贪官污吏，虽然晁盖等强人是用不义手段抢不义钱财，但是人心向背却不在政府面惩强人。战争的有利条件全部在绿林好汉一边，政府的军队岂有不败之理。

活捉秦明。宋江大闹清风寨后，青州知府派秦明领兵到清风山抓捕宋江和花荣。宋江见秦明英勇了得，便设计擒之。"先使小喽啰，或在东，或在西，引诱的秦明人困马乏，策立不定。预先又把这土布袋填住两溪的水，等候夜深，却把人马逼赶溪里去，上面却放下水来，那激流的水都结果了军马。你道秦明带出的五百人马如何？一大半淹死在水中，都送了性命。生擒活捉得一百五七十人，夺了七八十匹好马，不曾逃得一个回去。次后，陷马坑里，活捉了秦明。"这一次不是严格意义的水战，只是运用地理环境的一种小计谋，不过从中可以看出宋江虽然没有什么大智慧，但是多少还是懂一点就地取材的伎俩。当然，宋江的胜利，主要还是他对手不过是一个匹夫之勇的武将。

擒拿卢俊义。这一回与活捉秦明有异曲同工之妙。卢俊义被吴用略施小计骗到梁山后，吴用又派出李逵、鲁智深、武松、刘唐、穆弘、李应、朱仝、雷横用车轮战术将他弄得疲惫不堪。卢俊义无路可走，又饥又渴，慌不择路，来到了满目芦花、烟水茫茫的鸭嘴滩头，不得已上了李俊的贼船，船到湖心，被"三阮"驾驭的三只小船一齐撞将过来，李俊在关键时刻跳水而去，最后被张顺生擒活捉。这一次也不是水战，而是活捉卢俊义的一个计谋。

三败高俅。梁山水军大显神威，扎实让梁山的头号仇人高太尉吃尽了苦头。"一败高太尉",水军立下奇功。高俅率三军征剿梁山泊,其战略方案是水陆并进,分而灭之。但是,刘梦龙和党世雄统领的水军刚刚驶进茫茫荡荡的水泊,就遭到梁山水军的迎头痛击。高太尉的水军"官船樯篙不断,相连十余里水面"。气派是气派,但是却不宜于浅水作战,打起来却首尾难顾。梁山水军针对这个特点,发挥小船灵活、四面出击的优势,等到政府的水军方阵进入伏击圈,"只听得一声炮响,四面八方小船齐出",芦苇深处,事先埋伏好的小船队突然袭击,"冲断大队,官船前后不相救应,大半官军弃船而走。"政府的水军部队被打得弃船逃窜、落花流水,水军头领刘梦龙狼狈逃跑,另一位头领党世雄被"三阮"逼下水,躲藏在水底的张横便顺手牵羊,将其活捉。政府水军的战船全部被梁山笑纳,高俅的第一次征剿以水上的失败而告终。

高俅不甘心失败,又征用了一千五百余只船,每三只一排钉住,船尾用铁环锁定,步兵尽数上船,训练有素,再剿梁山。小说如此写道:

先说水路里船只,连篙不断,金鼓齐鸣,迤逦杀入梁山泊深处,并不见一只船。看看渐近金沙滩,只见荷花荡里两只打鱼船,每只船上有两个人,拍手大笑。头船上刘梦龙便叫放箭乱射,渔人都跳下水底去了。刘梦龙催动战船，渐近金沙滩头。一带阴阴的都是细柳，柳树上拴着两头黄牛，绿莎草上睡着三四个牧童。远远地又有一个牧童，倒骑着一头黄牛，口中呜呜咽咽吹着一管笛子来。刘梦龙便教先锋悍勇的首先登岸，那几个牧童跳起来，呵呵大笑，尽穿入柳荫深处去了。

这段描写是采用对比法，政府的连环船队气势宏大，排山倒海，大有不踏平梁山决不收兵之势。梁山方面却了无动静，水面上只有渔人、黄牛、牧童，一派优美的水上村落图。殊不知，这正是大战前的宁静。当刘梦龙的军队刚刚上岸，就遭到秦明、呼延灼两路夹击，大败而回，而连环大船已被刘唐一把火烧成灰烬。刘梦龙跳水逃生，又被童威驾船追赶，钻入水底逃命，又被李俊拦腰抱住。高太尉的水军惨败，陆地上也遭遇索超、林冲、杨志、朱仝四路兵马追杀。高太尉被追得心慌意乱，一路损兵折将，逃回济州城。

活捉高俅。第二次战败后，高俅命令官军在附近山上砍伐大树，打造战船。又在济州城里招募到一位名叫叶春的造船专家，造大船数百只，最大的叫大海鳅船，这种船两边置二十四部水车，船中可容数百人。每车用十二个人踏动，船身用竹笆遮护，可避箭矢，船上面竖立弩楼，另造一种攻击敌人的器械摆布于上。如要进发，一声令下，二十四部水车同时踏动，其船如飞，任何船只都不可阻拦。这个叫叶春的造船专家还设计了一种叫小海鳅船，两边只用十二部水车，每船可容百余人，前面后尾，都钉长钉，两边也竖立弩楼，乃有竹笆遮护，这种船在梁山泊小港，可来去自由，无人可挡。叶春造的这种船，实际上就是早期的战舰，是北宋时期最优秀的战船。这叶春，据小说交代，善会造船，路经梁山泊时，被山上的小头目劫了本钱，流落济州，这样的人梁山泊竟然没有收为己用，反而抢夺了钱财。当然他就要借高太尉之手报一箭之仇。如果这种战船开进梁山泊，那梁山匪患当真是指日可平。幸好梁山消息灵通，吴用派遣谍报人员时迁、段景住、张青、孙二娘、孙新、顾大嫂等人打探清楚，并于造船厂内放了一把火，烧毁大小海鳅船若干，拖延高太尉进攻时间。只可惜高太尉太愚蠢，竟然选在暮冬天气进攻梁山泊。那官军水兵不敢下水，阮氏三雄、张氏兄弟等梁山水军头领及梁山水兵却在水里来去自如，如履平地。小说如此写道：

> 此是暮冬天气，官军船上，招来的水手军士，哪里敢下水去？正犹豫间，只听得梁山泊顶上，号炮连珠价响，只见四分五落，芦苇丛中，钻出千百只小船来，水面如飞蝗一般。每只船上，只三五个人，船舱中竟不知有何物。大海鳅船要撞时，又撞不得。水车正要踏动时，前面水底下都填塞定了，车辐板竟踏不动。弩楼上

放箭时，小船上人，一个个自顶片板遮护。看看逼将拢来，一个把挠钩搭住了舵，一个把板刀便砍那踏车的军士，早有五六十个爬上先锋船来。官军急要退时，后面又塞定了，急切退不得。前船正混战间，后船又大叫起来。高太尉和闻参谋在中军船上，听得大乱，急要上岸。只听得芦苇中金鼓大振，舱内军士一齐喊道："船底漏了！"滚滚走入水来。前船后船，尽皆都漏，看看沉下去。四下小船，如蚂蚁相似，望大船边来。高太尉新船，缘何得漏？却原来是张顺引一班儿高手水军，都把铁凿在水底下凿透船底，四下里滚入水来。

高太尉爬去舵楼上，叫后船救应，只见一个人从水底下钻将起来，便跳上舵楼来，口里说道："太尉，我救你性命！"高俅看时，却不认得。那人近前，便一手揪住高太尉巾帻，一手提住腰间束带，喝一声："下去！"把高太尉扑通地丢下水里去。……只见旁边两只小船，飞来救应，拖起太尉上船去。那个人便是"浪里白条"张顺，水里拿人，浑如瓮中捉鳖，手到拈来。

这一次水战，写得十分精彩，历历在目，如在眼前。梁山泊打的是有把握之战，事先侦察清楚朝廷的军情，对症下药，组织有序。先是派出谍报人员将大小海鳅船烧毁，高太尉要重新打造战船，必然要花大量时间，这样就把朝廷水军进攻的时间拖延到初冬时节。而这时候，天气渐冷，朝廷的水军不敢下水，梁山的水军却习以为常，军马未动，高太尉首先在"天时"上先输一着。高俅之所以战败，还在他过分相信武器的作用，而忽视了人的力量，以为有了大小海鳅船这样举世无双的战船，踏平梁山唾手可得，所以才在没有调查清楚的情况下贸然出兵。梁山泊是有备而战，当大小海鳅船挺进水泊时，梁山水军有分工、有合作，有的潜入水底填塞车辐板，有的用挠钩将舵船钩死，有的砍踏水车的军士，有的将大船船底凿通，有的上船抓人。如此团结协作的群体，真正可以说是一支乘风破浪、勇往直前的水师。

梁山水师的战斗力在当时大宋朝是一流的，就是放在一千多年前的全世界，这支部队也应该是最具有实力的水军，可惜清王朝不重视海战事业，总以为天下都在马背上打下来的，不然的话，大清国的北洋水师又会如此不堪一击？梁山水军取得胜利的主要原因，当然是八个头领及他们统领的小喽啰都是水上功夫的高手，又是不惧牺牲的汉子，加上对地形环境又了然于胸，所以每战必胜。不过，就他们作战时的情况而言，我觉得他们在战争中不贪功，各负其责、精诚团结的精神才是立于不败之地的最主要理由。归附大宋朝后，这支水军在征辽国、平田虎、战方腊的战斗中，屡建奇功，不愧是一支所向无敌的水上雄兵！

三、夜　袭

夜战是梁山强人的拿手好戏。前面说过，梁山军事集团，除了大宋朝的那些软骨头、怕死要命的降将外，其余的都是来自四面八方的绿林顽匪，这些桀骜不驯、性情倔强的好汉，天下就没有什么他们不敢干的事。所以，偷袭，特别是在月黑风高的夜晚偷袭，是他们最擅长的本领。

古代战争史上，夜间作战是一种常见形式，《鬼谷子·奇谋篇》中说："以多胜少者，昼也；以少胜多者，夜也。文人如仙，武人如鬼。月黑天高，鬼驰骋之时也。"按鬼谷子的意思，用更多的兵力和比自己少的敌人作战，就在白天进行；而与比自己多的敌人作战，则最好在夜间进行。武人如同鬼一样，在月黑风高的夜晚，正是他们出没的大好时机。梁山泊的强人绝大部分都是打家劫舍的武夫，对他们来说，黑夜是一种天然的保护伞，正是他们施展手段的最佳时期。就是上了梁山以后，虽然从单兵或小股作战上升到集团作战，但是，毕竟兵力有限，所以，很多战役都选择夜间进行。《孙膑兵法》说："善昼战者，勇将也，善夜战者，奇特也。"梁山的军人是一支奇特的部队，组织成分比较复杂，除了大宋朝的降将外，更多的是江湖上神出鬼没的绿林好汉，夜战是家常便饭。

《水浒传》对夜间作战的描写比较多,即使是官兵抓捕犯罪分子,也都是在夜间进行。如中秋节夜晚,由于事先得知消息,华阴县县尉带领两个都头,率领三四百士兵到史家庄缉拿少华山三个山大王朱武、陈达、杨春等人。这三个人的武功在梁山强人之中虽然很低劣,但是在当地却是臭名昭著的顽劣山匪,再加上史进这条大虫,华阴县的武装警察部队还是不敢掉以轻心,所以才选择夜间来抓捕。小说描绘道:"外面火把光中,照见钢叉、朴刀、五股叉、留客住(一种有倒钩的武器),摆得似麻林一般。两个都头口里叫道'不要走了强贼!'"因为抓捕的不是一般的鸡鸣狗盗,是称霸一方的绿林大虫,所以才来了这么多人,其实主要还是虚张声势,制造紧张空气,以势压人。史进将计就计,用了一个缓兵之计,先稳定两个都头,说自己会把他们绑缚出来,然后从后屋放了一把火,与三个强贼趁着夜色杀出来,冲出包围,杀了敌人,安全脱险。其他如抓捕晁盖、缉拿宋江都是在夜间进行。一方面是黑夜行动本身极富有神秘色彩,同时也为缉拿者放走犯人提供了方便。

三打祝家庄,无论是对水泊梁山还是对宋江本人,都是一次意义非常的军事行动。对大本营而言,这是梁山泊第一次主动发起进攻的军事行动,是梁山从一个地方性绿林组织向全国性迈进的关键一战。特别是在梁山的队伍不断扩充、人员大增、财源枯竭的情况下,展开的一次有计划、有组织的战略性进攻。如果失败了，梁山泊将从大宋的国土上消失，如果胜利了，梁山威名将从山东迅速向全国扩展。对宋江而言，这次出征同样十分重要，这是他坐上梁山第二把交椅之后的第一次出击，如果失败了，他在梁山泊威风扫地，从此无颜见人，第二把交椅就另属他人；如果胜利了，宋江和梁山的威名一样，将在大宋的国土上飘扬。宋江已经把自己和梁山泊的黑帮事业捆绑在一起，一荣俱荣，一损俱损，要么就是和梁山一起毁灭，要么为他将来走上梁山泊的权力顶峰创造有利条件。

第一次大战也是在夜间进行的，以宋江的大败而结束。这次进攻显示了宋江军事谋略的低劣，充分彰显了宋江是一个没有军事才能的小政客形象。宋江在没有确切情报的情况下，为了救人，在黄昏时分深入重地，大刀阔斧，杀奔祝家庄，结果中了埋伏。祝家庄地形复杂，尽是盘陀路，到处布满机关，不识路径的人，就会陷入险境。宋江的部队冲进去后，又是夜间，又不识路，欲进不能，欲退不得，小说写道：

> 话说当下宋江在马上看时，四下里都有埋伏军马，且教小喽啰只往大路杀将去，只听得五军屯塞住了，众人叫起苦来。宋江问道："怎么叫苦？"众军道："前面都是盘陀路，走了一遭，又转到这里。"宋江道："教军马望火把亮出有房屋人家取路出去。"又走不多时，只

见前军又发起喊来，叫道："甫望火把亮处取路，又有苦竹签、铁蒺藜遍地撒满，鹿角（一种阻止兵马前进的障碍物）都塞了路口！"宋江道："莫非天丧我也！"

没有向导，宋江的部队如无头苍蝇，四处乱窜，出又出不去，进也进不来，处处险象环生，几乎死无葬身之地。幸而梁山优秀的间谍石秀及时赶到，才知道逃生之路。但是祝家庄又以烛灯为号。宋江的军队逃到哪里，那空中号令灯就指向哪里，祝家庄的伏兵就冲向哪里。亏得神箭手花荣射灭了号令灯，祝家庄的伏兵自乱阵营，宋江的兵马才乘势冲杀出去，逃离险境。这次夜战，宋江毫无军事常识，感情用事，瞎指挥。

三打祝家庄，宋江的临阵指挥才能实在差强人意，论实力，祝家庄的高手不过是祝龙、祝虎、祝彪三兄弟以及他们的师傅栾廷玉加上一丈青扈三娘。而梁山却出动了林冲、秦明、花荣、李逵、黄信、穆弘、石秀等十八位高手，外加六千小喽啰。独龙冈虽说三庄结盟，但李家庄已经与祝家庄撕破脸。双方力量对比如此悬殊，宋江却在前二次战斗中损兵折将，杨林、秦明、邓飞、王英都被祝家庄俘虏，宋江自己也差点被扈三娘活捉，如果不是吴用在第二次失败后及时来到战场，又恰逢孙立率领的登州派七个好汉投奔梁山，做了内应，宋江在祝家庄的战争中恐怕是以失败而告终。

梁山强人虽然长于夜间作战，但也不是每战必胜，除了"宋江一打祝家庄"失败而归，晁盖在攻打曾头市时，也是在夜间偷袭，落入敌方圈套而中箭丧命。晁盖打曾头市是赌气而战，他不听众人劝说，为了显示老大作风，自己点了一班人马下山，杀奔曾头市。非常奇怪的是，与自己一同上山的智多星军师吴用竟然没有同来，致使晁老大孤军深入，中了埋伏。其实法华寺的僧人来诱敌深入时，林冲已经看出有诈，劝谏晁盖不要轻信，但晁盖建功心切，根本听不进去，亲率十个头领和二千五百人马于月黑三更时分去曾头市劫寨，谁知偷鸡不成反丢了性命。作品用了一首诗形容晁盖："间谍从来解用兵，陈平昔日更专精。却惭晁盖无先见，随着秃奴暮夜行。"从攻打曾头市的用兵分析，晁盖胸中不仅没有一点军事韬略，而且听不进别人的建议，对敌我双方军事力量的对比不做调查、分析，盲目冒进，当然就只能以失败而告终。

晁盖中箭身亡后，梁山泊不去报仇雪恨，却以居丧期间，"百日之后，方可进兵"为由，上演了一场智商极低、漏洞百出的所谓"智赚玉麒麟"的戏。直到一年之后，因为段景住、杨林、石勇北边买的马被郁保四夺了送到曾头市后，宋江、吴用等人才想起前大帮主晁盖的仇恨未报，于是才有了"宋公明夜打曾头市"的举措。宋江攻打曾头市也没有什么新鲜花样，用的是以其人之道，还治其人之身。曾家用和尚做间谍引诱晁盖上当，宋江说服郁保四，用他施展反间计。梁山连斩曾家二子后，曾长官曾弄胆怯，便要教师史文恭写投降书，吴用将计就计，表面上将时迁、李逵、樊瑞、项充、李衮派去曾头市做人质，实则是见机行事做内应。郁保四依计行事，佯装逃回，对曾长官说宋江无意讲和，诱导曾家军夜袭宋江大营，曾家果然中计，连夜起兵杀向梁山营寨。与此同时，郁保四又向时迁等人透露信息，要他们做好内应准备。夜晚，史文恭等人带领曾头市人马劫营时，却中了宋江的埋伏。等到回身逃往本寨时，曾头市早已被里应外合的梁山军马攻克。曾长官自缢身亡，史文恭落荒而逃，被卢俊义活捉。

　　夜袭总是与火战连在一起。黑夜里放一把火，既可以搅乱敌人的阵脚，引起敌方内部恐慌，又能够趁机攻其不备，夺取胜利。在《水浒传》中，夜间偷袭总是与杀人放火联系在一起，比如小说第八十三回写高俅因得叶春相助，准备造一种名为"海鳅船"的战船攻打梁山。宋江听说后叫苦连连："似此大船，飞游水面，如何破得？"最后还是吴用设计了一个小计谋，命张青与孙新混入造船厂，黑夜放火烧战船；命孙二娘、顾大嫂装扮成送饭农妇也混入船厂，去烧草场；同时要时迁、段景住两人同时城门放火，搅乱战局；又派张清引五百骠骑马军在造船厂外埋伏接应。小说写道：

　　　　当时近有二更时分，孙新张青在左边船厂里放火，孙二娘、顾大嫂在右边船厂里放火，两下火起，草屋焰腾腾地烧起来。船厂内民夫工匠，一齐发喊，拔翻众栅，各自逃生。

高太尉正睡间，忽听得人报道："船场火起！"急忙起来，差拨官军出城救应。丘岳、周昂二将，各引本部军兵，出城救火。去不多时，城楼上一把火起。高太尉听了，亲自上马引军上城救火时，又见报道："西草场内又一把火起，照耀浑如白日。"丘、周二将军引军去草场中救护时，只听得鼓声震地，喊杀连天。原来没羽箭张清，引着五百骠骑军马在那里埋伏，看见丘岳、周昂引军来救应，张清便直杀将起来，正迎着丘岳、周昂军马。

三处同时放火，攻其不备，搞得高俅应接不暇，军士疲于奔命，顾此失彼。梁山人马却在混乱之中脱离现场，安全撤退。

《水浒传》有很多夜战的案例，这是因为有许多行动在光天化日之下是不能实施的，必须在夜深人静时才好动手。如此安排，是因为梁山泊的多数头人们原本就是占山为王、打家劫舍的强人，黑幕之夜正是他们施展才华的最佳时期。当然，夜战也给这部小说增添了不少神秘色彩。

四、计　谋

关于计谋，有一种说法："水浒"之计未出"三国"，"三国"之计未出"三十六"。意思很明白，那就是《水浒传》的谋略都是从《三国演义》中模拟来的，而《三国演义》中的谋略则全都是来自《三十六计》。这个说法是不是有道理，本人未曾研究，但是"水浒"中的计谋，确实不如"三国"精彩，而且这些计谋也没有超出《三十六计》的范畴。

"瞒天过海"智取生辰纲

瞒天过海是《三十六计》中的第一计。原文是这样说的："备周则意怠，常见则不疑。阴在阳之内，不在阳之对。太阳，太阴。"译成白话文就是：自以为准备周密的，斗志就容易松懈；经常见到的，人们就不会怀疑。阴谋诡计都隐藏在公开的事物里，而且不与显露的事物相对立。在常见的事物表象背后，往往隐藏着极大的阴谋。就用意而言，"瞒天过海"的意思就是用欺骗手段，达到出其不意的目的。语出明代阮大铖的传奇剧《燕子笺》："我做提控最有名，瞒天过海无人问。今年大比期又临，嗾，只赚几贯铜钱养阿正。"由此观之，原意是指科举考试舞弊。用于战争计谋，则是指示真藏假的疑兵之法，主要用于伪装，人为地使对方造成错觉，达到取胜的目的。"智取生辰纲"是《水浒传》

较为出色的战例，虽然用的是下三烂的蒙汗药，但就事件本身而论，"瞒天过海"的疑兵之计还算成功。

杨志和谢都管押送十一个军汉挑着十一担金银珠宝，冒着赤日烈火来到黄泥冈。众军汉饥渴难忍，汗流浃背，见有林子，便要停下休息。杨志认为，这黄泥冈是强盗出没之地，不能久留，便用藤条抽打挑金银珠宝的军汉，但是，任他怎么打，这些士兵这个被打起来，那个又躺下，就是不走，杨志无奈，只好停下休息。这时，只见对面松树林里隐有一个人在那里舒头探脑地望，杨志认为是强盗，便拿了朴刀冲过去，见松林里一字儿摆着七辆江州车儿，七个人脱得赤条条的在那里乘凉。看到杨志提着朴刀冲过来，七人齐叫一声："呵也！"都跳起来。一个个惊惶失措，不知如何是好。经过盘查，这些人告诉杨志：他们是濠州人，贩枣子到东京去，是小本经纪。还误以为杨志是来打劫的，故此惊慌。杨志听了，内心里的疑虑顿消，便回到担边，放心乘凉去了。这七人正是要抢夺生辰纲的晁盖、吴用、公孙胜、刘唐、"三阮"。这七人个个都身怀绝技，看见杨提刀过来，却装作提心吊胆的样子。这一招示假隐真，果然瞒过了杨志，为下一步智取十万贯生辰纲打下基础。

过了不久，只见远远的一个汉子，挑着一担酒，唱着歌走上冈子来。众军汉又热又渴，便要凑钱买来喝，杨志不允许，骂道："你这村鸟，理会得甚么！到来只顾吃嘴，全不晓得路途上的勾当艰难。多少好汉，被蒙汗药麻翻了。"那卖酒的汉子很生气，就和杨志争执起来。双方正在吵闹，对面松林里贩卖枣子的七个人提着朴刀走出来问是什么事，挑酒的汉子说出原委，那七人说，我们只道是有歹人出来，原来如此，说着就要买酒喝。那挑酒的人赌气不卖，这七人便骂道："你这鸟汉子也不晓事，我们须不曾说你。你左右将到村里去卖，一般还你钱，便卖些与我们，打甚么紧？"卖酒的汉子说："卖一桶与你不争，只是被他们说得不好。又没有碗瓢来。"那七人说，我们自有椰瓢。说着只见两个客人从推车上取出两个椰瓢来，七个人立在桶边，一边吃枣子一边喝酒，不一会，一桶酒就喝完了。卖酒的汉子要五贯钱，七个人说："五贯便依你五贯，只饶我们一瓢吃。"卖酒的不愿意，那七个人中的一人给钱，另一人却打开另一桶，舀了一瓢酒就吃。卖酒的汉子去夺，这人就手拿半瓢酒往松林里跑。七人中另一人从松林里走出来，手里拿了一个瓢，又来桶里舀了一瓢酒。卖酒的汉子见了，又返身回来夺了椰瓢，往桶一倾，便盖桶盖，将掷于地上，口中骂这七人没有君子风范。

那边众军汉见了，内心痒起来，都想买酒喝。其中一人求老都管给杨志说情，老都管自己也口渴难熬，就对杨志说："那贩枣子客人已买了他一桶酒吃，只有这一桶，胡乱教他们买了避暑气。冈子上真的没处讨水吃。"杨志心想，那七人买了一桶喝，另外一桶也喝了半瓢，也没有什么事，可能真的没有蒙汗药，于是就允许。众军汉凑足钱来买,那卖酒的汉子却一口咬定这酒里有蒙汗药,坚决不卖。众军汉只有赔笑,贩枣子的客人帮忙相劝,那汉子才同意将剩余一桶卖给军士们。众军汉一发上,顿时将那桶酒吃尽。杨志见众人吃了无事,本不想吃,一者天气太热,其次实在口干舌燥,拿起只喝了半瓢。卖酒的汉子收了钱,挑着空桶,唱着山歌,自下冈子去了。

那七个贩枣子的客人立在松树旁,指着押送生辰纲的十五人说:"倒也,倒也!"只见这十五人,头重脚轻,一个个面面相觑,都软倒了。晁盖、吴用等七人,从松林里推出七辆江州小车,把车上的枣子都扔在地上,将这十一担金珠宝贝装在车上,骂了一声:"聒噪!"便往黄泥冈上推了去。杨志口里只是叫苦,身体软弱,挣扎不起。十五人眼睁睁地看着那七人把金银珠宝装了去,只是起不来,挣不动,说不了。

这是一条瞒天过海的计策。卖酒的人是白胜,和晁盖、吴用等人是一伙的。原来挑上冈子的两桶酒都是好酒,七个人先吃了一桶,刘唐揭起另一桶的桶盖,又舀了半瓢吃,这是故意吃给那伙军士和杨志看的,好让他们死心塌地相信两桶酒都没有问题。之后,吴用去松林里取出蒙汗药抖在瓢里,又装作来舀酒喝,将瓢放在桶里搅了一下,药就融化在酒中。吴用假装舀半瓢喝,被白胜劈手夺来,全部倒在桶里。在光天化日之下,白胜、刘唐、吴用联袂上演了一出瞒天过海之戏,致使警惕性很高的杨志也被蒙在鼓里，没有识破，睁着眼睛上当受骗。

"瞒天过海"是一种以真乱假的疑兵之计，主要是通过真戏假作，运用假象麻痹对方，使其放松警惕，然后出其不意，取得胜利。"瞒"是计谋的关键，不能让对方了解自己的真实意图，要使出足够手段使对方相信自己，才能达到目的。黄泥冈上"智取生辰纲"，吴用首先让杨志相信他们七人都是贩卖枣子的小商人，所以当杨志提刀查问时，他们个个装作胆怯的样子，故意将杨志说成是强人，使杨志坚信他们是手无缚鸡之力的小商贩。然后，再借助白胜的白酒，使出了假戏真做的调包手段，硬是叫警觉性高得过敏的杨志在青天白日下上当被劫。

小李广声东击西胜秦明

"声东击西"是让敌方知道我方要攻击东方，而实际上却从西边发起攻势，真真假假，制造假象，使敌方作出错误判断，从而一举歼灭敌人。《三十六计》原文是这样说的："敌志乱萃，不虞，坤下兑上之象，利其不自主而取之。"译成现代白话就是："当敌方指挥中枢系统混乱、失去清醒的判断时，就要运用其失去控制的机会，运用计谋，才能够取得胜利。"声东击西语出《通典》一百五十三卷《兵六》："声言击东，其实击西。"意思是说，故意声称攻打东方，实际上是要从西边出击。古代兵书对这一条论述颇多，如《孙子·势篇》云："故善动敌者，形之，敌必从之。"就是说善于调动敌人，敌人必然会跟随我方的指挥棒转。《历代名将事略·俣敌》认为："欲东而形以西，欲西而形以东，欲进而形以退，欲退而形以进。"按照这个谋略布局，那就是想要从东边发起进攻，却要故意做出向西边进攻的样子；想要从西边发起攻势，却故意做出要从东边发起攻势的样子。如果想要进攻，就要装作退却的样子；如想要退却，就要装作进攻的样子。关于"声东击西"的计策，《百战奇谋》论述得更周详："声东而击西，声彼而击此；使敌人不知其所备，则我所攻者，乃敌人所不守也。"意思是说，大造声势要从东边攻打，而实际上攻击的却是西边，大造声势要从这里攻克敌人，而实际攻克的却是另一地方；迫使敌人不知道从哪里防备，而我方所攻击的地方，就是敌人不可能防守的。这种指东打西的战术，在《水浒传》中较突出的是第三十四回花荣与秦明的交战，小李广就是用这种办法战胜比自己强大的秦明。

镇三山黄信押送宋江、花荣的囚车被清风山的燕顺、王英、郑天寿率领的山贼劫了，黄信逃脱，连夜写了申状报与慕容知府，知府看了大惊，急调青州指挥使总管本州兵马统制秦明攻打清风山。由于秦明使一条狼牙棒，有万夫之勇，山寨闻知，人人面面相觑，俱各骇然。花荣说道："你众位俱不要慌。自古兵临告急，必须死敌。教小喽啰饱吃了酒饭，只依着我行。先须力敌，后用智取。如此如此，好吗？"宋江道："好计！正是如此行。"

秦明引兵来到清风山下，摆开阵势，与花荣大战五十回合不分胜负。花荣卖了个破绽,拨马回山下小路便走。急性子秦明不知是计,怒而急追。花荣勒住马,左手拈起弓,右手去拔箭,扭过身躯,望秦明盔顶上只一箭,射落斗大的那颗红缨。秦明大吃一惊,不敢向前追赶,急忙拨马回身。花荣也从别路转上山去了。这秦明是个急性子,恨不得立刻剿灭清风山的强人,捉拿宋江、花荣、燕顺等人。便叫兵士擂响战鼓,冲上山去。转过三山头,只见上面檑木、炮石、灰瓶、金汁等物从险峻处打将下来,三五十个士兵被打翻在地,官兵只好退下山来。秦明的绰号叫"霹雳火",小说中说:"因他性格急躁,声若雷霆,以此人都呼他叫霹雳火秦明。"这样一个武艺高强的政府军官,面对这样的挑战,当然十分气愤。小说中写道:

> 心头火起,那里按纳得住,带领军马,绕山下来寻路上山。寻到午牌时分,只见西北边锣响,树林丛中闪出一队红旗军来。秦明引了人马赶将去时,锣也不响,红旗都不见了。秦明看那路时,又没正路,都只是几条砍柴的小路,却把乱树折木交叉当了路口,又不能上去得。正待差军汉开路,只见军汉来报道:"东山边锣响,一队红旗军出来。"秦明引了人马,飞也似奔过东山边来看时,锣也不鸣,红旗也不见了。秦明纵马去四下里寻路时,都是乱树折木塞断了砍柴的路径。只见探事的

又来报道:"西边山上锣又响,红旗军又出来了。"秦明拍马再奔来西山边看时,又不见一个人,红旗也没了。秦明是个急性的人,恨不得把牙齿都咬碎了。正在西山边气忿忿的,又听得东山边锣声震地价响,急带了人马又赶过来东山边看时,又不见有一个贼汉,红旗都不见了。秦明气满胸脯,又要赶军汉上山寻路,只听得西山边又发起喊来。秦明怒气冲天,大驱兵马投西山边来,山上山下看时,并不见一个人。秦明喝叫军汉两边寻路上山。数内有一个军人禀说道:"这里都不是正路,只除非东南上有一条大路,可以上去。若是只在这里寻路上去时,惟恐有失。"秦明听了,便道:"既有那条大路时,连夜赶将去。"便驱一行军马奔东南角上来。

看看天色晚了,又走得人困马乏,巴得到那山下时,正欲下寨造饭,只见山上火把乱起,锣鼓乱鸣。秦明转怒,引领四五十马军,跑上山来。只见山上树林内,乱箭射将下来,又射伤了些军士。秦明只得回马下山,且教军士只顾造饭。却才举得火着,只见山上有八九十把火光,呼风唿哨下来。秦明急待引军赶时,火把一齐都灭了。当夜虽有月光,亦被阴云笼罩,不甚明朗。秦明怒不可当,便叫军士点起火把,烧那树木。只听得山嘴上鼓笛之声吹响。秦明纵马上来看时,见山顶上点着十余个火把,照见花荣陪侍着宋江,在上面饮酒。秦明看了,心中没出气处,勒着马在山下大骂。花荣回言道:"秦统制,你不必焦躁,且回去将息着。我明日和你并个你死我活的输赢便罢。"秦明大叫道:"反贼,你便下来!我如今和你并个三百合,却再做理会!"花荣笑道:"秦总管,你今日劳困了,我便赢得你,也不为强。你且回去,明日却来。"秦明越怒,只管在山下骂。本待寻路上山,却又怕花荣的弓箭,因此只在山坡下骂。正叫骂之间,只听得本部下军马发起喊来。秦明急回到山下看时,只见这边山上,火炮、火箭一发烧将下来。背后二三十个小喽啰做一群,把弓弩在黑影里射人。众军马发喊一声,都拥过那边山侧深坑里去躲。此时已有三更时分,众军马正躲得弩箭时,只叫得苦,上溜头滚下水来,一行人马却都在溪里,各自挣扎性命。扒得上岸的,尽被小喽啰挠钩搭住,活捉上山去了;扒不上岸的,尽淹死在溪里。且说秦明此时怒气冲天,脑门粉碎。却见一条小路在侧边,秦明把马一拨,抢上山来。走不到三五十步,和人连马撷下陷坑里去。两边埋伏下五十个挠钩手,把秦明搭将起来,剥了浑身战袄衣甲,头盔军器,拿条绳索绑了,把马也救起来,都解上清风山来。

这就是花荣定下的声东击西之计。或东或西,或打或离,造成诸多错觉,巧妙引诱对方上当,然后乘机捉拿秦明。当然,这样的计谋也要因人而异,如果对手不是急性子秦明,而是镇定自若的谋略之士,这条计策就发挥不了作用。所以在用计的同时,也要做到知己知彼,方能百战百胜。从这个战例的实施来看,花荣的用兵之道,比大帮主宋江要高明得多。

宋江"假痴不癫",害人终害己

"假痴不癫"就是装聋作哑,发疯癫狂,而内心却非常清醒。用装疯卖傻来掩盖真相,企图蒙混过关。原文如此:"宁伪作不知不为,不伪作假知妄为。静不露机,云雷屯也。"翻译成白话就是:宁可假装糊涂不做任何事,也不要假做聪明而轻举妄动。要深藏不露,如同冬天的雷电那样,静静地聚集能量,等待时机。此计用在军事上,是指自己虽然拥有强大的兵力,却故意示弱,锋芒藏而不露,用以麻痹和骄纵敌人,然后伺机向敌方发起猛攻,给对手以措手不及的致命一击。人在险境而欲逃走时,此计也可以用,也就是用诈魔装疯的办法蒙蔽对方,然后再想法逃跑。《水浒传》宋江题反诗被黄文炳识破后,就是想用"假痴不癫"之计效法古人孙膑"装疯脱虎口"而逃避杀头之罪,可是这个黑帮老大没有一点毅力,更没有骨气。受一点皮肉之苦,就乖乖就范,一股脑儿的"坦白从宽"。最终不但害了自己,连朋友戴宗也被关进死牢。

宋江在浔阳楼独自饮酒,酒量不怎么样,三杯下肚便癫狂起来,不知自己有几斤几两,在酒店的白粉壁上题了一首《西江月》的词:"自幼曾攻经史,长成亦有权谋。恰如猛虎卧山丘,潜伏爪牙忍受。不幸刺文双颊,那堪配在江州。他年如得报冤仇,血染浔阳江口。"在这首《西江月》里,宋江把自己比作山中猛虎,一旦得志,便要杀人如麻,报仇雪恨。从这首词中可以了解到宋江是一个自视甚高,不为社会理解,但又是心胸狭窄的人。但是"血染浔阳江口"倒是成为现实。当他的反诗被识破后,押赴刑场开刀问斩时,营救他的各路强人,不问青红皂白,不管官军百姓,一路砍杀过去,直杀得尸横遍野,血流成河。实现了宋帮主"报冤仇"的美好愿望。

俗话说"酒后吐真言",此话一点不假。宋江不过是郓城县的一个科级干部,如此口出狂言,并非一时之意气,而是觉得自己从小熟读经书,长大后又有权谋之道,快到四十了,却还是一个不入流的小科级,内心之仇恨压抑太久,一经喝醉,便爆发出来。小说中写他题了《西江月》的词后情形是:宋江写罢,自看了,大喜大笑。一面又饮了数杯酒,不觉欢喜,自觉狂荡起来,去那《西江月》后,再写四句诗:

心在山东身在吴，飘蓬江海谩嗟吁。

他时若遂凌云志，敢笑黄巢不丈夫。

如果说《西江月》只是发一下牢骚，发泄一下心中的深仇大恨，那么这四言诗却真是称得上反诗了。前两句是感叹自己的人生遭遇，后两句却有点自不量力，自比黄巢，他日若实现自己的远大理想，便连改朝换代的黄巢都不放在眼里。由此可见，宋江是一个雄心勃勃的野心家，一旦时机成熟，手握重兵，就要逐鹿中原，取大宋而代之。但是，纵观其表现，最多也就是一个黑帮老大。论谋略不如公孙胜，甚至连地煞星中的神机军师朱武都不如；论胆识不如林冲、杨志等人；论骨气远不及武松、鲁智深；论财力赶不上柴进、李应。这样一个凭着厚黑哲学笼络人心的刀笔小吏，一无真才实学，二无雄才大略，从某种意义上说，他连做黑帮老大水平都没有。所以，他日执掌梁山大权之后，便迫不及待地向大宋王朝发出投降的信号。

宋江在浔阳楼写了反诗被知识分子黄文炳识破后，知府命戴宗去牢中押解宋江，宋江听到信息后，六神无主，不知所措，既没有逃避罪责的反侦察智慧，更不要说有临危不惧的大丈夫气魄，甚至连一般土匪的"二十年后又一条好汉"的阿Q精神都没有。小说写道："宋江听罢，挠头不知痒处，只得叫苦：'我今番必是死也！'"一个胸怀远大理想的大智慧大勇敢者，必然是处变不乱、卒然临之而不惊的志士仁人，而宋江的表现却是惊惶失措，连"假痴不癫"的脱身之计也是智商平平的戴宗替他想出来的。

戴宗道："我教仁兄一着解手，未知如何？如今小弟不敢担搁，回去便和人来捉你。你可披乱了头发，把尿屎泼在地上，就倒在里面，诈作风魔。我和众人来时，你便口里胡言乱语，只做失心风便好。我自去替你回复知府。"宋江道："感谢贤弟指教，万望维持则个。"

戴宗献的这条"假痴不癫"之计虽然说不上高明，但在万般无奈的情形下，也不妨是一条脱身的策略。但是，"假痴不癫"并不是随时随地都可以实施，也不是任何人都可以用。实施这条计谋的人不仅需要超人的智商，还需要有坚强不屈的意志力。历史上使用这一计谋比较成功的案例是孙膑"诈疯魔"逃离魏国。孙膑是《孙子兵法》的传人，因同窗小人庞涓的陷害而身陷囹圄，为了麻痹魏王和庞涓，便长期诈癫扮傻，甚至睡在猪栏里，身卧屎尿中，最后终于逃回齐国。逃出虎穴之后，孙膑先用"围魏救赵"之计大败庞涓，再"增兵减灶"诱敌深入，将庞涓射死于马陵道。宋江是一个智商平平、意志薄弱的无耻之徒，要让他用"假痴不癫"之计逃出监牢，肯定是以失败而告终。果不其然，宋江虽然装疯卖傻，但押到江州府时，被打翻在地，打得"一佛出世，二佛涅槃，皮开肉绽，鲜血淋漓。"宋江吃不住打，招架不住，只好老老实实招供。

古人云："谋出智，成于密，败于露。"由于宋江的"假痴不癫"只有计没有谋，是一种自作聪明的技巧表演。加上他又吃不得苦，受不得累，心理素质太差，缺乏忍辱负重的意志力，所以不但害了自己，还连累了朋友戴宗。

"偷梁换柱"取华山

"偷梁换柱"是《三十六计》中的第二十五计，语出宋罗泌的《路史发挥》第三卷《桀纣事多实论》："(桀纣)倒曳九牛，换梁易柱。"这里的意思是比喻桀纣力大无穷。《三十六计》原文是："频更其阵，抽其劲旅，待其自败，而后乘之。曳其轮也。"翻译成现代白话文就是：频繁调动敌方军队的阵营，暗中抽调对方的精锐之师，使其自行灭亡，而我方则暗中控制，再乘势图之。如同控制住车轮就控制住车子的前进方向一样。这条计谋的原意是指暗中运用手段，改变事物的性质，以达到欺骗对方的目的，所以又作"偷梁易柱"。用在军事上，是指在战术上设法调开敌军的主力部队，然后将其全部控制或消灭。古人作战讲究阵势，认为阵分天、地、东、西、南、北六个方位。天阵即天衡阵，首尾相接是阵势的"梁"；地阵即地轴阵，位居中央，是阵势的"柱"。而梁柱之间的部署都是由主力部队担任，因此在战场上善用兵者，首要的是了解敌方的主力，并设法调动和控制对方的主力，再将其击溃。如果是与联军协同作战，就要暗中改变阵营，将主力部队隐蔽起来，用非主力部队诱敌深入，再一举歼灭。

《水浒传》第五十九回"智取西岳华山"，吴用就是用"偷梁换柱"的计策取胜的。

后 记

第一次读《水浒传》是1973年7月,用现在教育界的行话说,就是刚刚考完小升初。书是我从在公社财政所工作的姨父那儿借来的,是一部竖排的繁体字版。现在回忆起来,似乎比较喜欢第七十一回"梁山泊英雄排座次"及其之前的内容,七十二回之后就不太喜欢,嫌拖沓。由于知识有限,又是繁体字,肯定连猜带读,似懂非懂。不过,刚刚考完试,很是无聊,手中有一部《水浒传》,就特别有兴致,一个礼拜就读完了。后来的几十年里,我三次重读《水浒传》,2006年还动过心思写一本学术随笔《〈水浒传〉再评价》,断断续续写了11万多字,原计划准备写20万字。2007年9月送小女去北方上大学,回来后,再也找不到写作的思路,就这样束之高阁。如果再写的话,还得重读一遍,否则无法找到感觉。可这些年,也不知道忙碌什么,总也没有时间再读一遍这部古典杰作,而且就算读的话,恐怕也无法回到当年的语境之中,不如就此做个了断。今后还会不会重读《水浒传》?也许会吧!

书中谬论难免,还请方家批评。

谢谢好友海惠女士!

2021 年 11 月 30 日于昆明正心书斋